講談社文庫

鬼神伝 鬼の巻

高田崇史

講談社

目次

《鬼打ち豆》

夕陽は寒そうに西に傾いていた。

天童純《てんどうじゅん》は、下校時刻をとっくに過ぎて生徒もまばらになってしまった校庭を、ゆっくりと歩く。部活の連中も、もう殆《ほとん》ど帰ってしまったらしい。凍《こご》える木枯らしに首を竦《すく》めると、マフラーを巻き付けて校門を出る。

帰りがこんなに遅くなるのは、滅多にないことだった。というのも、今日は——何ということだろう——日本史の宿題を家に置いてきてしまったために、居残りさせられたのだ。京都の中学に転校してきて、三ヵ月。ノートを貸してくれる友だちもいなかったからごまかしもきかず、正直に手を挙げて先生に怒られるしかなかった。

でもそのノートは昨夜《ゆうべ》、確かにカバンにしまったはずだった。それなのに、学校に来てみたらなくなっていた。ひょっとして、誰かに悪戯《いたずら》でもされたのだろうか……。

おかげで日本史の先生の、

「いいか。それじゃ、神社とお寺の違いを説明するぞ。神社は、日本の神さまを祀《まつ》っている所だ。天照大神《あまてらすおおみかみ》とか、大国主命《おおくにぬしのみこと》とか、恵比寿《えびす》さまとか——。鳥居があって、手と口を清める手水舎《てみずや》があって、お参りする時には柏手《かしわで》を打つ。一方お寺というのは、お釈迦《しゃか》さまや阿弥陀《あみだ》さまや菩薩《ぼさつ》を祀っている所だ。これらの仏さまたちは、元をただせば、中国から日本に渡ってきたんだ——」

などという退屈な長い話を、教室の後ろで立ったまま聞かされた。

そして、居残りだ。

今日は、個人的な厄日なんだろうか？

そんなことを思いながら、純が学校の裏の路地を曲がると——悪い時には悪いことが重なるものだ——行く手には、嫌な奴らがいた。三組の武志《たけし》たちだ。みんな、ポケットに手を突っ込んで塀に寄りかかったり、道ばたにしゃがんだりして、通りかかる生徒たちをじろじろ眺め回しては、からかって遊んでいた。

武志たちは、いつも誰かに絡《から》んでは、喧嘩《けんか》を売っている。金銭を巻きあげることもあるらしい。実際に同級生も何人か、その被害に遭ったという。いつもの通りの時間に下校できていれば、こんな場所で彼らに会うこともなかっただろう……。純は溜《た》め息《いき》をついて、

〝あることないことで文句をつけられても面倒臭《めんどうくさ》い〟

そう思って、手前の道をそうっと右に曲がろうとした。しかしその時、
ビュン、
純の後ろから小石が飛んできた。そしてまた、見事に武志の頭に命中してしまった。呆気《あっけ》に取られたまま、それを眺めていた純を、

「おいこらっ」武志は、頭を押さえながら振り返った。そして恐ろしい顔で睨《にら》みつける。「おまえか！」

「え？」

立ち竦む純に向かって、武志が肩をいからせて近寄ってくる。

「なんや、何かおれに文句でもあるんかい！　いきなり石をぶつけよって」

かなり怒っている。

まずい。言い訳は、ききそうもない雰囲気だった。そこで、純は彼らに背中を向けていきなり走り出した。

「こらあ！　待たんかいっ」

石が飛んできて、純の左の肩を掠《かす》める。

「今日は節分やから、豆まきや！」

「鬼はー外！」

武志の大きな声と、仲間たちの囃《はや》し立てる声がした。ちょうど退屈していたところに獲物を見つけたから、喜んでいるのだ。小石が、ビュンビュン飛んでくる。

とにかく今は逃げるしかない。そう思って、学生カバンを抱えて鴨川《かもがわ》べりを北に向かって走った。天気もいつの間にか怪しくなり、冷たい風が吹きすさぶ川沿いの道を、純は白い息を吐きながら必死に走る。それでも、武志たちはしつこかった。相変わらず大声を上げながら、純を追ってくる。

誰かの投げつけた石が、純の背中に思い切り当たった。一瞬、息が止まり、純は転ぶ。しかも、両手で学生カバンを抱えていたから、うまく転べなかった。砂利の道で、嫌というほど膝《ひざ》を打ってしまった。

「やったで！」

後ろで歓声が上がる。

しかし純はすぐに立ち上がると、背中と膝の痛みをこらえて走り続けた。

京阪五条《けいはんごじょう》――。

六波羅蜜寺《ろくはらみつじ》――。

東大路通《ひがしおおじどおり》――。

どこをどう走っているのか、もう分からない。

ファミリーレストランの前を、喫茶店の前を、薬局の前を、コンビニの前を、そしてうなぎ屋の前を――どうしてうなぎ屋の看板には「うふき」なんていう、読めない文字が書かれているんだろう――などと、そんな余計なことまで考えながら、純は走った。

今は、八坂《やさか》神社の辺りだろうか？

それとも、霊山《りょうぜん》の近くだろうか？

気がつけば、武志たちのドラ声も消えていた。どうやら振り切ったらしい。純は彼らの姿が見えないことを確かめると、ゆっくり呼吸を整えて坂道を上って行った。

やがて――。

ふと気がつくと、純の目の前に、古ぼけた寺が現れた。

初めて見る寺だった。その、今にも崩れ落ちて壊れそうな山門の額には、古めかしい文字でやけに大きく、

不《ふ》仁《に》王寺《おうじ》

と、書かれていた。

純は長い石段を上がると、中を覗《のぞ》き込む。

大きな木に抱かれるように建っているお堂の屋根を見れば、すっかり緑色に苔《こけ》むしていた。手入れも行き届いていないらしい。山門の奥にいる石でできた二匹の狛犬《こまいぬ》（らしきもの）たちも、雨ざらしのままで薄汚れていた。

狭い境内《けいだい》には人の姿もなく、ただ、しん……としていた。

ここはどこだろう。東山《ひがしやま》の辺りなのか？

第一、こんな寺がこの街にあっただろうか？

純は山門をくぐって、境内に入る。すると、今来た坂の向こうから、

——こっちに行ったんやないか？

という武志たちの声が、風に乗って微かに聞こえてきたような気がした。まだしつこく追ってきているようだ。その時、どんよりとした空から冷たい氷のような雨がひとつぶ落ちてきて、純の顔に当たった。天気は下り坂だ。

純は、躊躇《ためら》うことなく寺の本堂へと走った。茶色く変色している階《きざはし》を、一段一段、そうっと上がる。そのたびに、ミシッ、と音がした。周りに誰もいないことを確かめると、純は急いで靴を脱ぐ。そしてそれを片手に持って、黒光りする廊下を静か

に走り、お堂の奥へと向かった。

中は、とても寒かった。二月の寒気が、ぎっしりと辺りを埋めつくしている。純は、そんなお堂の隅に身を隠して、じっと息を潜めていた。

今日は、最悪の一日だ――。

膝を抱えながら、純は思う。

まず、家を出る時に、いきなり母親と喧嘩をしてしまった。

朝起きたら、母親の大切にしていた食器が、キッチンの床に落ちて割れていたのだ。それで純が――全く身に覚えがなかったのに――叱《しか》られて、

「もう二度と、家になんて帰ってくるもんか！」

と大声で叫んでしまったくらい、酷《ひど》い喧嘩になった。

そして父親は、いつもと変わらず見て見ぬ振りをする。

子供の純から見ても気が小さくて、いつもおどおどしている。父親は、今までただひたすら、ミスだけはしないように気を配って勤めてきた、というタイプのサラリーマンだった。だから会社からの転勤命令にも、一度も逆らったことがなかった。おかげで苦労するのは、いつも純と母親だ。

純はいつまで経っても友だちができないし、母親も愚痴《ぐち》をこぼし合えるような親し

い仲間ができない。だから、最近はいつもイライラしている。そして、たまに純に八つ当たりする。今日も出がけにそんなことがあったから、宿題のノートをカバンに入れたつもりで、すっかり忘れてきてしまったのだろう。

おかげで居残りになって——こんな目に遭っている。

それに加えて胸元の痣《あざ》が、今日はなんとなくうずいている。

痛いような、苦しいような、締めつけられるような……。

生まれた時から純の胸には、赤紫色の痣があった。小学校の頃は、皆に「おたまじゃくし」と呼ばれていたが、中学に上がってからは「人魂《ひとだま》」と笑われた。だから人前で洋服を脱ぐようなこと——特に夏のプールの授業などは、大嫌いだった。何かと理由を作っては、サボってばかりいた。

そんなこともあって、ますます純には友だちができなかった。思い出してみれば、前の学校でもその前の学校でも、友だちと呼べるような仲間は、一人もいなかった。いつも、ひとりぼっちだった……。

どれくらい経ったろう。突然、

「これ……」

後ろで声がした。

純は驚いて振り向く。

するとそこには、紺色の僧衣の上に金色《こんじき》の袈裟《けさ》をかけた、一人の僧侶《そうりょ》が立っていた。僧侶は、純を見下ろして微笑《ほほえ》んだ。

「そんなに、びくびくしなくとも良いぞ。どうした？　おやおや。怪我《けが》をしているではないか……」

僧侶は、純の破れたズボンに目を落とした。さっき転んだ時に、砂利道で膝を打った場所だ。まだ血が流れていた。

「手当てをしてしんぜよう。さあ、わしの後について、こちらに来なさい」

「い、いえ……」

俯《うつむ》いたまま断る純に、

「まあ、どちらにしても」僧侶は優しく笑いかける。「こんな雨では、外には出られないじゃろう。とにかく、こちらに来なさい」

まるで後から必ずついてくるのを確信しているかのように、僧侶は笑いながら、純に背中を向けて廊下に出て、歩き始める。そして純は――少し考えた後――その後ろから、ひたひたとついて歩いていった。足の裏が氷のように冷たかった。

僧侶の言う通り、いつのまにか外は激しい雨になっている。

二人は、本堂に向かう。

外から見た時は、とても小さな寺だと思ったのに——不思議なことに——中は、想像していたよりも遥《はる》かに広かった。

薄暗く長い廊下を、二人は黙って歩いて行く。

廊下の片側には、沢山の像が一列に並べられていた。みんな鎧《よろい》や甲冑《かっちゅう》に身を包んで、じっと空《くう》を睨んでいる。

左手には宝塔、右手には戟《げき》を握って、今にもそれを誰かに向かって振り下ろそうとしている像——。

拳《こぶし》を自分の頭の上まで振り上げ、目と口とを大きく開き、何かを怒鳴っている像。片手には、長い柄のついた鉞《まさかり》のようなものを握っている——。

ただ薄く目を開いて、冷たく見下ろしている像。でも、その手には純の背丈ほどの大きさの剣を持ち、足の下には夜叉《やしゃ》を踏みつけている——。

片手に巻物のようなものを持って遠くを見つめている像。しかし純には、それはただの巻物には思えなかった。武器なのではないか。その証拠にその像もまた、夜叉の顔を踏みつけていた——。

雨が、大きな音を立てて屋根を叩《たた》く。

純は、理由もなく身震いしながら、それらの像一つ一つをこっそりと上目づかいで眺め、僧侶の後ろをおとなしく歩いて行った。

やがて本堂に辿《たど》り着く。

正面の仏壇を見て、純は、ホッとした。

そこには、金色の花に包まれて、優しそうに微笑んでいる小さな仏像が一体、静かに立っていたからだ。そしてその隣には、畳何枚もありそうな、大きく色鮮やかな曼《まん》陀《だ》羅《ら》がかかっていた。中央の護《ご》摩《ま》壇《だん》には、チロチロと赤く火が燃えて、辺り一面には、お香の煙がたちこめている。

僧侶は純に向かって優しく笑いかける。

「どれどれ、今手当てをしてしんぜようか」

純は、言われるままに、膝を投げ出した。そこに僧侶は、ていねいに消毒薬とガーゼを当ててくれる。

護摩壇に火が燃えているだけで、この本堂には何も暖房器具はないはずなのに、ここはなんとなく暖かい。純はようやく気持ちが落ち着いてきた。そこで、尋ねる。

「あの……あなたは……」

「わしか？　わしは、源雲《げんうん》という密教僧じゃ」

「げんうん……さん、ですか？」

「ああ」僧侶は、純の膝に包帯を巻いてくれながら答えた。「源に雲と書く。きみの名前は？」

「は、はい。天童純です」

「ほう。良い名じゃな」

「それよりも、ここはどこなんですか？　東山じゃないんですか」

「その通り。東山――八坂神社から少し奥まった所の寺じゃ」

「でもぼくは、この場所に、こんな大きなお寺があるなんて、全く知らなかった」

「京都には、大小合わせれば三千を超える寺社があるからのう。この寺も由緒正しい古刹《こさつ》じゃったが、今はもう、見ての通りに、すっかりさびれてしまった」

自分の周りを寒々と見回す純を見て、源雲は笑った。

「しかし、この寺は宝の山じゃ。国宝級の仏像や、宝物が沢山納められている」

「ああ……。廊下に飾ってあった四天王の像……」

「そうじゃ」源雲は大きく頷《うなず》く。「世界の中心には須弥山《しゅみせん》があり、そこに帝釈天《たいしゃくてん》が住む。その帝釈天に仕えて四方四州《しほうししゅう》を護っているのが四天王じゃ。北に毘沙門天《びしゃもん》。南に増長天《ぞうちょう》。西に広目天《こうもく》。東に持国天《じこく》じゃ。特にあの、四天王と十二神将《じゅうにじんしょう》はこの寺の宝。

ただの神像と思ったら、大間違いじゃ」

「でも……」

「彼らが、どうかしたかな？」

「ええ……」純は尋ねる。「どうして、あの神像たちは、みんな恐ろしい顔をして周りを睨んでいるんですか？　優しい神さまじゃないんですか」

はっはっは、と源雲は笑った。

「それはな、仏の教えに従おうとしない悪い奴らを、懲《こ》らしめるためじゃよ。そいつらは、口で言っただけでは言うことを聞かないのでな。少し怒って、脅かしてやらねばならないのじゃ」

「そいつらって……誰ですか」

「もちろん、まつろわぬ鬼たちじゃ」

「鬼？」

「奴ら鬼たちは、放っておけば、どんな悪さをするか分からないからのう。病気や飢《き》饉《きん》などの、ありとあらゆる災いを人々にもたらす。しかしわしらは、せいぜい豆をまいて、追い払うことくらいしかできない。だから、あとは四天王たちにお願いして、きちんと退治してもらうのじゃ」

純は、口を閉ざした。

雨の音が、一段と激しくなった。外は、土砂降りだろう。

今度は源雲が尋ねる。

「何か、腑《ふ》に落ちないことでもあるのか」

「いえ、別に」

「ふむ。わしの言うことが、信用できないと見える」

「そんなことも……」

「そう、顔にかいてあるわい」

と言うと源雲は、純の学生カバンに目を落とした。

「そこに、日本の歴史の教科書はあるかな?」

「あ、ああ。入ってますけど――」

「では、今ここで広げてみなさい」

「えっ。どうして」

源雲は、純の言葉を無視して言う。

「昔――平安の時代のことじゃ。京の都には、毎日のように鬼たちが現れては、善良な人々の暮らしを脅《おびや》かしていた。女子供をさらったり、財宝を盗んだり、そればかりか命までをも奪ったりしておった。そこで、朝廷の人々は勇敢に鬼に立ち向かったのじゃ。しかしそれは大変な戦いだった。鬼たちは、とても強かったからな――」

「でも。平安時代っていうと、とても平和な時代だったたんじゃないんですか？　貴族たちは、歌や蹴鞠《けまり》や管弦に時を費《つい》やして……」

「馬鹿《ばか》を言うんじゃないぞ。日本の歴史の中でも、一、二を争うほど戦いが激しかった時代じゃ」

「えっ。それは戦国時代――武田信玄《たけだしんげん》とか、織田信長《おだのぶなが》とか、豊臣秀吉《とよとみひでよし》の時代でしょう。日々争いが絶えず、大勢の人々の血が流された時代です」

「平安時代も、戦国時代や幕末に匹敵するほど激しい戦いが行われていたのじゃ。人と鬼とのな」

「人と鬼との……」

そうじゃ、と源雲は頷く。

「やがて人々はそこかしこで敗れ始めた。無数の人たちが死んでいった。そのために、歴史が少しずつ歪《ゆが》んできてしまったのじゃ。どうじゃ、許せるかな？」

「その話が本当ならば、許せないけど……」

「許せなければどうする？　もしもその場にいたとしたら、おまえは、その鬼たちと戦えるか？」

「実際に、そうなったら……多分」

「本当かな」

「本当ですよ」純は苦笑いしながら頷いた。「でも、鬼が現実にいたっていう話は、ちょっと――」

「まだ信じられないか」

そう言うと源雲は、いきなり純の手から教科書を取り上げると、パラパラとめくった。そして、平安時代の辺りを開く。

「見るのじゃ」純に差し出した。「ちょうど、この時代だ」

純は言われるままに、教科書を覗き込む。しかし、

「え？」

自分の目を疑った。

源雲の開いたそのページは何も書かれておらず、真っ白だったのだ。

ついさっき、純は教科書をめくっている。そして、こんなページは――少なくともその時は――なかったはずだ。それとも見落としていたのだろうか？

首を傾《かし》げる純を眺めて、源雲は、ニヤリと笑った。

「どうじゃ。何か見えるかな？」

「何かって言ったって、これ――」

「よく覗き込んでみよ。何かが見えてくるはずじゃ」

源雲はそう言って大笑いすると、立ち上がった。

叩きつけるような雨の音が響くお堂を、源雲はゆっくりと歩く。そして護摩壇の前まで行くと、純に背中を向けたまま、バラバラと何本もの護摩木を投げ入れた。

ボウッ――と炎が上がる。

「さあ！」

純は、源雲にうながされて、白いそのページを覗き込む。

すると、教科書のページが白く輝き始めた。

最初はキラキラと。やがて、物凄《ものすご》い光の洪水が溢《あふ》れ出した。

その、あまりの眩《まぶ》しさに、純は目を閉じた。

白い光は純を包み込む。

やがてその光は、純の体の中までも通すように、ゴオッという音を立てながら輝き始めた。手も足も、体全部が光に呑《の》み込まれ、胸の痣が、焼けるように熱くなった。

息ができない。

純は気が遠くなった。雨の音すら聞こえない。ただ、

「オン・バザラダト・バン・オン・ラン・ソワカ・オン・ベイロシャノウ・マラ・ソワカ・オン・バザラ・グキャジャハ・サンマエイ・ウン――」

源雲の唱える真言だけが、遠くから微かに聞こえてくるだけだった。その、うねるような声に合わせて、純の頭の中がぐるぐると回る。

ぐわん……、と眩暈《めまい》がした。

自分の体が、強烈なスピードで渦巻きに吸い込まれて行くような気がして――。

声にならない声を上げて、純は気を失ってしまった。


どれくらい経ったのだろうか。純は、ゆっくりと目を開いた。

頭の中が、ガンガン鳴って、まだ少しフラフラする。

「ここは……？」

うっすらと開けた純の目に飛び込んできたのは、大きな木組みの天井だった。

その木の色は赤――でもなく、オレンジでもない。鮮やかな朱色だ。広い天井には純の体ほどもありそうな朱色の木が、積み木パズルのように複雑に組まれていた。

ついさっきまでいた、古ぼけた寺とは大違いだ。第一、周りはこんなに明るくなか

った。

純は一度、ぎゅっと固く目を閉じる。

そして再び、今度は弾《はじ》かれたように思い切り大きく開く。

しかし――夢ではなかった。相変わらず、大きな神社の軒先のような木組みが、静かに純を見下ろしていた。純は、驚いて体を起こす。

自分の体を支えようとした手が、ざらりと冷たかった。どうやら、石でできた長い廊下かステージのような場所に、仰向けのまま横になっていたらしい。気を失っていた間に、どこか違う場所に運ばれてきてしまったのだろうか？

でもどこへ、どうして？

純は、ゆっくりと辺りを見回した。

見れば、この大きな天井を支えている柱もやはり朱色で、太さは純の体の二倍――いや三倍、そして高さは五メートル以上ありそうだった。

ぐるりと首を回した純の左側には、やはり朱塗りの、とても頑丈そうな厚い扉があり、右側に広がっているのは、外の明るい景色だ。眩しい陽射しの中に、純は寝転がっていたらしい。今いるところは、大きな門の下。そこに、倒れていたようだ。

純は、まだひりひりする胸の痣を片手で押さえながら、恐る恐る立ち上がった。そ

して柱に手をかけて体を支えながら、一歩踏み出した時、

「お待ち申しておりました」

いきなり柱の陰から声をかけられた。

「え」

覗き込んだ純の前には、青い直垂《ひたたれ》姿の少年が恭《うやうや》しく頭を下げながら立っていた。

少年は言う。

「天童純さまとお見受けする。われは、この王城警護をおおせつかりし武士、多田源《ただげん》氏満仲《じみつなか》の長子、源 頼光《みなもとのらいこう》。右大臣の命によって、お迎えに参上――」

純が呆気にとられて見つめていると、その少年はそうっと顔を上げた。頭の後ろで一つに束ねられた長い髪の毛が、春風にゆらりと揺れる。

少年は切れ長の涼しい目で、チラチラと上目づかいに純を眺める。めくり上げた裾《すそ》から覗く脛《すね》も、そしてたくましい顔も、すっかり日に焼けていた。

そして――。

腰元を見れば、そこには大きく反り返った長い刀を差していた。

《神の住む都》

ポカンと口を開けたままの純を、頼光は、まじまじと見つめた。

「あなたが、本当に天童純——さまですか？」

「あの……」純は尋ねる。「どうして、ぼくの名前を知ってるの？　きみは誰。それよりも、ここはどこ」

「そんなにいっぺんに尋ねられても」頼光は純から視線を逸《そ》らせた。そして首を傾《かし》げると、小声でこっそり呟《つぶや》いた。

「基良《もとよし》さまに命令されて来たのはいいけど……。こいつ、本物か？　それに、まだ子供みたいだし」

「えっ」

い、いやいや、と頼光は純の方を向いて尋ねる。

「本当に、何も知らない？」

「うん」

答える純を見て、えへん、と一つ咳払《せきばら》いをして大きく胸を張った。そして、上から下まで、純の体をもう一度、今度は遠慮なくじろじろと眺め回した。

「なんだい。せっかく丁重に迎えてやったのに、気が抜けたな。緊張して損したぞ」

「どういうこと？」

「とりあえず、こっちへ来な。歩きながら話そう」

すっかり口調が変わった頼光は、純を手招きすると、門の石段から、ポーンと飛び降りた。そして、道の真ん中をスタスタと歩き出した。純は、慌てて靴を履くと、その後ろから駆け出す。

やけに広い道だった。まるでどこかの広場のようだ。幅百メートル近くもありそうな砂の道が、純たちのいる門の正面から、遥か彼方《かなた》に向かって一直線に伸びている。

道の両脇には無数の柳が、長い枝を気持ち良さそうに風にそよがせていた。そして柳の後ろには、土でこしらえられたような塀が並び、そのまた後ろに家の屋根がずらりと見える。まるで映画のセットのようだった。

その、埃《ほこり》っぽい道を歩きながら、頼光は言う。

「おまえは、ここ京の都で俺たちと一緒に鬼と戦うために、遥か遠くから飛ばされてきたんだ」

いつのまにか頼光の呼び方が「純さま」から「おまえ」になっている。しかしそんなことを気にしている場合ではなかった。純は尋ねる。

「鬼と戦うために——飛ばされてきた？」

「ああ、そうだ」

「このぼくが？」

「あと他に誰がいるんだよ」

「どうして」

「太政大臣《だじょうだいじん》の命令で、源雲和尚《げんうんおしょう》が苦労したらしい」

「源雲さんが、ここにいるの！」

「いるよ」頼光は笑った。「つまらないことで、いちいち驚くな」

何人かの人にすれちがった。誰もが、狩衣《かりぎぬ》や水干《すいかん》や直垂《ひたたれ》を身にまとっている。

頭の上に黒い筒のようなもの——確か烏帽子《えぼし》といったか——を載せている人もいた。そしてその全員が、じろじろと純を眺めながら歩いて行った。

純は思わず自分の服装を確かめる。

紺色のブレザーに、グレーのスラックス。その上から真冬のコートを羽織っている。さっきまでの服装のままだ――。

「ねえ、頼光くん」

「なんだ、その『くん』ってのは？　頼光でいい」

「じゃあ、頼光。ここはどこなの？」

「もちろん、京の都に決まってる」

「でも……。こんな場所、今まで見たことがない」

そりゃそうだろう、と頼光は大笑いした。

「今までおまえがいた所とは、時代が違うんだからな」

「えっ」純は頼光に詰め寄る。「時代が違うって、どういうことなんだよ」

「そのままさ」頼光は平然と答えた。「なんていうかな……ほら、時を超えるっていうのか」

「嘘《うそ》だろう！　じゃあ、さっききみが言った『飛ばされてきた』っていうのは、時間を飛ばされてきたっていうことなのか！」

「ああ、そうだ」

「そんなバカな」

「破家《ばか》とはなんだ」

「ち、違うよ、そういう意味じゃなくて——。じゃ、じゃあ、今は一体いつだっていうんだ」

「なんだって」

「今だよ。この時代は、いつの時代?」

自分でも変な質問だと思いながら尋ねる純に、頼光は横目で答えた。

「もちろん泊瀬《はつせ》の帝《みかど》の御代《みよ》だ」

「泊瀬……。誰、それ?」

「誰って——泊瀬の帝に決まってるだろう。ここ、平安京の内裏《だいり》にいらっしゃる」

「えっ。じゃあ、もしかして、今は平安時代だっていうの?」

ふと見れば道の彼方、遥か遠くの方には、牛に引かれてゴロゴロと音を立てて動いている御輿《みこし》のような乗り物が見えた。

「あれは、牛車《ぎっしゃ》じゃないか!」

はあ? と頼光は振り向いた。

「当たり前じゃないか。もちろん、貴族たちしか乗ることはできないけどな」

「当たり前——って言ったって……」

確かに、平安時代の貴族の乗り物だ!

振り返れば、少なくとも高さ二十メートルはありそうな大きな朱色の門。

前を見れば、はるか彼方まで続く広い道と町並み。

でもこれが本当の話なら、平安時代は——七九四《なくよ》ウグイス平安京だから——純がいた時代より千二百年以上も前の世界だ。

しかし、こうしていると夢ではなさそうだ。

はあーっ、と純は大きく溜め息をついて尋ねた。

「じゃあ……。今日は、何月何日？」

「睦月《むつき》の終わりだ」

「——ってことは、一月だね」

「そうなのか。もうすぐ節分だ」

しかし、一月にしてはずいぶんと暖かい。

ああ、そうだ。彼は当然、旧暦で言っているんだろう。純が元いた世界に直せば、三月の初め頃になるのだろうか……。キョロキョロと辺りを見回しながらコートを脱いで丸める純に向かって、頼光は説明する。

「いいか、もう一度だけ言うけどな。この場所は京の都。さっきの門は、羅城門《らじようもん》だ」

「羅城門！」

「知ってるのか？」

「うん」純は、大きな門を振り返った。「芥川龍之介《あくたがわりゅうのすけ》の本で読んだことがある」

そうか、と頼光は胸を張る。

「そいつは誰だか知らないけれどな——。とにかく、あの羅城門は幅百十九尺、高さは七十尺ある。立派な門だろう。都の外れにあって左右を東寺《とうじ》・西寺《さいじ》に挟まれ、この京の都を、鬼たちの侵入から守っているんだ」

「鬼たち……」

その、鬼たちと戦う。

源雲も、言っていた。でも、まさか……。

呆気にとられている純に、頼光は畳みかけた。

「そして、この道が朱雀大路《すざくおおじ》。幅は二十八丈で、長さは……分からない。三十町以上はあるだろうな。都の中央を、真っ直ぐに貫いている。両側には、朱雀院や大学寮などの官庁なんかの、偉い人たちの離宮がズラリとある」

「…………」

遠く眺めれば、確かに道は滑走路のように町の真ん中を一筋《ひとすじ》白く走っていた。しかし、突き当たりは、霞《かす》んで見えない。一町というのは、どれくらいの距離だか分からなかったが、相当の距離だということだけは想像がついた。

「しかし……」頼光は、自分の肩越しにじろじろと純を見て言う。「おまえ、ずいぶんとひ弱そうだな」

「えっ」

「本物の天童純なのか」

「本物の――って、どういう意味？」

戸惑う純に向かって、

「源雲和尚も言ってたから、間違いはないと思うが――」

頼光は、くるりと振り向いた。そして目の前に立ちはだかると、純の胸元にいきなり手をかける。

「何を――」

純が叫ぶ間もなく頼光は、純のシャツを乱暴に引き裂いた。

純は、焦って胸元を隠す。しかし、それよりも早く、頼光に赤紫の痣《あざ》を見られてしまっていた。

「ふん」頼光は笑った。「どうやら本物らしいな」

頼光は大声で笑うと、再び前を向いて歩き出す。

「ちょ、ちょっと待ってくれよ！」その後を追いながら、純は尋ねる。「何が本物なんだよ。それに、源雲さんはどこにいるのさ？」

「だから！」と頼光は、純を振り返りもしないで怒鳴った。

「いっぺんに、いくつも質問するんじゃないって言っただろう。ほら、黙ってさっさと俺についてこい。みんな待ってるんだ」

「みんな、って」

「雲客《うんかく》――殿上人《てんじょうびと》だ。すっごく、偉い人たちだよ」

「…………」

再びキョトンとする純を見て、

「しかし、おまえ」頼光は首を傾げた。「そんなんで、大丈夫なのかねえ」

「何が？」

「本当に、鬼と戦えるのか」

「ちょ、ちょっと待ってよ」純は叫ぶ。「源雲さんもきみも、ぼくが鬼と戦うって言ってるけれど、ぼくは、何にもできないよきっと。きみみたいに、立派な刀も持ってないし……」

「そりゃそうだろう」頼光は大声で笑った。「俺の刀は、天下の『鬼切丸《おにきりまる》』だ。安綱《やすつな》に作ってもらった、うちの家宝だからな。こんな刀を持ってる奴は、京の都広しといえども、他にはいないさ」

「そういう意味じゃなくて……。でも、その刀で本当に鬼を斬れるの？」

「もちろんだ。奴らだって、斬られれば血を流す。首を刎《は》ねれば死ぬ。俺たちと変わりやしないよ」

「ぼくらと変わらない？」

首を捻《ひね》る純を見て、頼光は再び笑った。

そして、懐《ふところ》から、餅《もち》のようなものを取り出すと、純に差し出した。

「食うか」

「えっいらない。お腹、すいてないから」

すると頼光は「そうか」と言って、それにかぶりついた。そして歯で食いちぎって、むしゃむしゃと食べながら歩いてゆく。

こうして見ると頼光は、さっきは武士だの源氏の何とかだのと言っていたけれど、純が本で読んだり想像したりしていた武士のイメージとはずいぶん違う。

源氏といえば鎌倉幕府の、源《みなもとのよりとも》頼朝や義経《よしつね》だ。この頼光が、彼らの先祖だとするならば、もっときらびやかで立派な服装をしていても良さそうなのに、彼ときたら着ている直衣《ひたたれ》もよれよれでペラペラ、よく見れば所々すり切れているし、髪だってボサボサだ。これで本当に、武士なんだろうか？

純は、そんなことを思いながら後ろを歩いて行った。

「ねえ、あともう一つ訊《き》いてもいいかな」

純の言葉に頼光は、なんだ、と答えて立ち止まった。純は尋ねる。

「きみは、どうしてぼくが時代を超えてきたことに驚かないの？　ぼく自身がこんなに驚いてるのに」

「ああ。よくあることだからな」

「よくあることって」

「前にも一人来た。そういった奴らは、元の世界では、神隠しに遭ったたって言われてるらしい。きっとおまえも、そうなってるよ」

「そうなのか……」

「ああ、そうだ。それより俺も訊きたいんだが、おまえのいた世界ってのはどうなんだ。楽しいのか？」

いや――、と純は目を伏せた。

「そんなこともないよ。変な奴らも多いし」

「ふん」頼光は餅をポンと口に放り込んだ。「じゃあ、どこも大差ないってことだな。それなら俺は、ここが好きだ」

そう言うと頼光は、餅を食べ終わった指をペロリと舐《な》めると、腰の大きな刀を揺らしながら、再び足早に歩き始めた。

もうどれだけ歩いただろう。正確な時間は分からないが、少なくとも三十分近くは歩いているはずだ。何十人もの人や、何頭もの馬や牛にすれ違った。

純は頼光が言うような、ひ弱な少年ではないが、こんなに歩いたのは久しぶりだった。さすがに、足がだるくなってきている。一方頼光は、相変わらずスタスタと歩いて行く。純は、一所懸命にその後を追った。

すると、やがて二人の目の前に、さっきの羅城門を一回り小さくしたような、朱色の門が姿を現した。道はそこで行き止まりだった。

「これが朱雀門《すざくもん》だ」純を振り返って、頼光は言う。「そして、この門の向こうが、大内裏《だいだいり》だ」

「大内裏だって」

息を切らしながら純は尋ねた。

そうだ、と頼光は頷く。

「泊瀬の帝のいらっしゃる内裏を取り囲んで、たくさんの寮や官庁がある場所だ。今から、そこに行くんだ。もちろん、普通じゃ入れない。強い結界が張り巡らされているからな」

「結界って！」

「関係ない人間や鬼が入れないように、呪術《じゅじゅつ》で目に見えない境界を作ってるんだ。知らないで触れると、首なんか簡単に吹っ飛ぶ」

「い、いや……。言葉の意味は分かるけど」

「じゃあ、大丈夫だな。今日は特別に近衛府《このえふ》に許可をもらってあるから入れるが、そこらへんを勝手にうろうろしてると、衛士《えじ》に有無を言わさず斬り殺されちまうぞ」

「冗談だろう」

さあね、と頼光もひきつった顔で笑って、刀の柄《つか》をしっかりと握り締めた。

「何しろ、俺も初めて行く場所だからな。さあ、ここだ」

朱雀門の前で純と頼光は、腰に大きな刀を帯《お》びた四人の衛士に止められた。

そこで頼光が名前を告げると、彼らは二人をじろりと睨《にら》んで門を開く。

純たちが門をくぐると、すぐ目の前にもう一つ、やはり朱色に塗られた大きな門が姿を現した。

「応天門《おうてんもん》だ……」頼光が純に囁《ささや》いた。「この門の向こうに、大極殿《だいごくでん》がある」

純たちは衛士と共に、一面に敷きつめられた白い玉砂利の上を、ジャッジャッ、と音を立てながら歩いて行った。

応天門をくぐると急に視界が開け、真っ白な広場が純の目の前にあった。そしてその正面には、重々しい瓦《かわら》を載せた重層の大きな建物が見えた。小学生の時に一度だけ行ったことがある奈良《なら》の東大寺のような建物だった。見た目も大きさも同じくらいだろうか。

横を見れば、頼光は酷《ひど》く緊張しているようで、唇をきつく嚙《か》み締めている。

衛士たちは、二人をその建物の前まで連れて行くと、

「ここにて、待たれよ」と命令した。

「はっ」

頼光は、砂利の上に片膝《かたひざ》を立てて控える。そして、ポカンとつっ立ったままの純を睨みつけた。

「こら、早く座れ！」

「え？」純は顔をしかめて尋ねる。「ここに？　膝が痛くなっちゃうじゃないか」

「いいから！　殿上人たちが見える」

頼光は、冷ややかに見下ろす衛士たちの視線を気にしながら、純の洋服の裾《すそ》を引っ張って、無理矢理に砂利の上に座らせた。

やがて――。

大極殿に繋《つな》がる回り廊下から、狩衣《かりぎぬ》姿の男たちが三人、風のように静かに現れた。同時に衛士たちも畏《かしこ》まって、砂利の上に膝をついて迎える。三人の男たちは、純の遥か向こう、大極殿の中央に腰を下ろした。そして、細い目で純を見た。

「これ……」

その中の一人、右側に座っている、萌黄《もえぎ》色の狩衣を着た糸瓜《へちま》のような顔をした男が口を開いた。やけにかん高い、変な声だった。

「そちが頼光。そして、その隣の怪しげな風体《ふうてい》が、例の小僧とやらか」

「ははっ」頼光は大声で答えた。「さようにございます」

信じられないことに、頼光の声は震えていた。

あそこに座っている男の人たちは、そんなに偉い人たちなんだろうか。

「これ」純に声をかける。「おまえが、頼光と共に鬼を退治すべく、こちらにやって来たという小僧か」

ポカンとしている純に、頼光が小声で説明する。

「中納言《ちゅうなごん》・多治比麻呂《たじひのまろ》さまだ」

まだ呆気にとられている純を見て、糸瓜顔の隣——中央に座って紫色の狩衣をまとった、色白だが一番威厳のある男が、自分の口を扇で隠しながら、何やら耳打ちした。すると麻呂は頷いた。

「……うむ。まあ、今はまだよく分からずとも良い。頼光と共に、よく鬼と戦ってくれ。気にするな」

気にするなと言われても、何が何だかさっぱり分からない。

ますますキョトンとする純に向かって、今度は左側に座っている浅黒い顔の男が——貴族には似合わない太い声で——口を開いた。

「わが大和《やまと》の国の中心である京の都も、今や鬼たちの乱暴な振る舞いによって、すっかり荒らされてしまっておる」

「大納言《だいなごん》・大伴宿禰《おおとものすくね》さまだ」頼光が耳打ちする。「もともと大伴氏は、唐《とう》から伝わってきた術を駆使して鬼たちと戦う役目だった」

だから、目つきも鋭く大柄なのか、と純は納得する。

宿禰は続ける。

「鬼たちのせいで仏像は壊され、物は盗まれ、人は殺されている。その上――。おまえも朱雀大路を歩いてきたはず。どうだ、とても埃まみれではなかったかな」

「え、ええ。道が、すっかり乾燥していて……」

「雨が降らぬのじゃ」

「雨が？」

「日照りじゃよ」宿禰は、大きく頷いた。「これもみな、愛宕山《あたごやま》の鬼たちのせいなのだ。奴らは水神《すいじん》を操り、都から雨雲を遠ざけてしまった。このままでは、都の人々はやがて、みな干上がってしまうだろう」

「あの……。一つ、お訊きしてもいいですか？」

その言葉にどぎまぎする頼光を無視して、純は言った。

「一つ知りたいことがあるんですけれど……」

「なんじゃ」

「はい――。鬼たちは、どうしてそんなに人を憎んでいるんですか？　何故《なぜ》それほどまでに、人を目の敵《かたき》にするんでしょうか」

鬼じゃからの、と笑う宿禰の隣で、紫の狩衣の男が答えた。

「神のせいじゃ」

「右大臣・藤原基良《ふじわらのもとよし》さまだ」頼光の小さな声は、またもや震えていた。

「太政大臣《だじょう》・藤原房盛《ふさもり》さまの次男で、実質的に朝廷を支配している、この国一番の権力者だぞ」

それを隣で聞きながら、純は尋ねた。

「神というと？」

「我らは仏の慈悲の教えを、この大和の国に広めようとしている。しかし鬼たちは、奴らの信仰している邪悪な神を捨てようとはしないのじゃ。皆が、仏の正しい教えに帰依《きえ》した時、この国は真に平和な素晴らしい国となるであろう。我らはそれを目指し、鬼たちはそれを邪魔している」

「邪悪な神――」

「昔から、山の奥や森の中や川の底に住み着いている神たちじゃ。嵐を呼び、川を氾《はん》濫《らん》させ、日照りを起こして、人々を苦しめておる」

「だから――」宿禰が口を挟む。「おまえに手伝ってもらいたいのだ」

「手伝う？」

純は驚いて、顔を覗き込んだ。といっても、とても遠かったから、宿禰の顔はスモモくらいの大きさだったが。

「で、でも……。一体、何をどうすればいいんですか？」

「仏の御心《みこころ》のままに、我らについてくれば良い。ただし……」基良は笑った。そして衛士たちに合図を送る。「その風体では、何かと目を引きすぎるのう。あちらの部屋で、着替えてからじゃ」

目を引きすぎると言われたわりには、純が着せられたのは真っ赤——真紅《しんく》の着物だった。頼光は、

「格好良いぞ、おまえ！」

などととても羨《うらやま》しがっていたけれど、純は変な気分だった。花火を見に行った時に着せられた浴衣《ゆかた》のようで、胸元がスカスカだ。でも、辺りは暑いほどだったから、その点だけは気持ち良かった。

腰には——頼光のものとは比べものにもならないが——刀も差したし、靴を脱がされて、草履《ぞうり》のようなものを履かされて、再び先ほどの大極殿の前に連れて行かれた。

「ホッホッホッ」と、麻呂がまた笑う。「なかなか似合うではないか」

「うむ」と宿禰も頷いた。「よき姿だの」

「では……」基良は辺りを見て、ゆっくりと立ち上がる。「そろそろ参るとしよう」

それと同時に大極殿の奥から、弓矢を持った何人もの男たちが影のように湧き出て、三人の行く手に整列した。

その先には、いつのまにか牛車《ぎっしゃ》が用意されていた。唐車《からぐるま》と呼ばれる、四人乗りの一番大きな牛車だ。そして男たちが、階《きざはし》まで歩いて行くと、

「えっ」

純は、自分の目を疑った。牛車が青白く輝き始めたのだ。

「出発いたしまするう」

随身《ずいじん》のかけ声で、一行はジャッジャッと白い砂利の上を移動し始め、周りに詰めていた狗人《いぬひと》たちが「オオオ……」と低く吠《ほ》えた。

一緒に歩き始めた純は、頼光に尋ねる。

「ねえ。どうして牛車が青白く光るの？」

「結界を作ってるからだよ」

「結界――」

「鬼や魔物からの攻撃を受けても大丈夫なようにな。火矢も鉄《くろがね》の矢尻も、はね返すようにさ。前に、地面に埋まっていた瓶《かめ》を踏んだら、牛車が一台吹き飛ばされたから

な。それ以来、偉い人たちの乗る牛車には、全部結界が張られるようになったんだ」

「……そんなことは、学校で習わなかったよ」

「習わないのは、おまえの勝手だ」

頼光は表情も変えずに言った。

牛車は、弓矢を携えた何人もの随身たちにガードされて、ゴロゴロと大きな音を立てながら朱雀門をくぐると、京の町に出る。

列はすぐに左に折れた。そして、大学の古い寮のような建物がいくつも並んで建っている前を通り過ぎる。次に、とても長い塀に囲まれた日本庭園が見えた。牛車はゆっくりとその中に入って行き、純たちも後から続いた。

「神泉苑《しんせんえん》だ」

頼光が、純に耳打ちする。

中に入ると、その日本庭園の真ん中には——その名前の通りに——大きな泉があった。しかし半分以上、水は干上がっていた。泉の中央には島があり、そこには太い松の木が数本、植えられている。

やがて牛車の列はその泉の北側の、さっきの大極殿を一回り小さくしたような建物の前に停まった。建物の前には、紺色の僧衣の上に金色《こんじき》の袈裟《けさ》をかけた僧侶が、皆の到着を待っていた。その見覚えのある顔は——。

「源雲さん！」

純は思わず叫んでしまった。

源雲が牛車のそばまで歩いて行くと、しゅるしゅると簾《すだれ》が巻き上がる。源雲は、中に座っている三人の貴族たちに向かって、恭《うやうや》しくお辞儀をした。貴族たちは、中から源雲に向かって何か声をかける。その言葉に源雲はいちいち頷くと、やがてゆっくりと純のそばまで歩いてきた。

「驚いたか？」

「驚いたどころじゃないよ！　どうなっちゃってるんですか」

「ちと、時間を超えた」

「タイム・スリップしたっていうこと」

「そうじゃ」

「そんな簡単に言うけど、ぼくは——」

訴える純に向かって、源雲は真剣な顔で答えた。

「おまえは選ばれたのじゃ」

「えっ」

「遠く未来から、この平安時代に呼ばれて来たのじゃ。わしは、ずっと長い間、おまえを捜していた。そして、ようやくのことで見つけた。天童純。おまえはこの世界で、鬼を退治するのじゃ」

「で、でも……」純は反論する。「それはさっき、この頼光にも言われたんだけれど、ぼくには何の力もないです」

ふっ、と源雲は笑った。

「おまえは、まだ自分の力を知らない。おまえは、わしらには及びもつかない力を持っているはずじゃ」

「えっ。どんな力？」

しかし源雲はそれには答えずに、自分の後ろに控えていた雑色《ぞうしき》、舎人《とねり》に向かって、何やら命令した。数人の舎人は、

「かしこまって」

と答えると、バラバラと走り去って行った。

源雲は、純と頼光に向いて言う。

「ここ、神泉苑の艮《うしとら》の方角にある祠《ほこら》の奥に、『雄龍霊《オロチ》』が一匹おる」

「オロチ……」

「いや。もちろん、厳重に鉄の箱——檻《おり》の中に閉じ込められておる。しかも、きつく封印されての。あれじゃ」

二人が振り向くと、舎人たちが三人がかりで箱を持って、よろよろと危なっかしく歩いて来ていた。彼らが必死に抱えているのは一立方メートルほどの箱で、正面の部分だけは動物を入れる檻のように鉄格子になっていた。

「気をつけよ！」源雲は叫んだ。「慎重にな」

「あれか」頼光が腕を組んで唸《うな》った。「噂《うわさ》には聞いてる。オロチの像だろう。石でできてる」

「純。おまえは、龍は知っていよう」

「は、はい……」純は答えた。「もちろん、本物は見たことがないですけど」

そうか、と源雲は笑う。

「龍は——水中に住み、空中を飛び、雲を起こし、雷雨を呼ぶ。その体は大蛇に似て、背中に八十一枚の鱗《うろこ》があり、四本の足には五本の指、頭には二本の角《つの》と耳を持ち、口の近くには長い髭《ひげ》が生えている。これはもともと唐の国の生き物じゃった。それが、我が国へと渡ってきて住み着いたものが『雄龍霊《オロチ》』と呼ばれるようになったのじゃ。『大和《ヤマト》の雄龍霊』とな」

「大和のオロチ……」

「初めてこの国に姿を現した時は、それは酷い暴れようで、暗黒の雷雲を呼び、七つの村を一瞬にして滅ぼしてしまったという。頭は八つに分かれ、それぞれから白刃のごとき雷《いかずち》を吐き出したという。それを素戔嗚尊《すさのおのみこと》が退治して、自分の部下とした。しかしやがて、彼の手によって封印されて、今日《こんにち》にいたっているのじゃ」

「でも……」純は、箱を眺めた。「どう見たって、そんなに大きくはない。それに素戔嗚尊は、なぜ封印したんですか？」

「暴れすぎたのか、それとも他の理由からか——。そんなことよりも」源雲は、数珠《じゅず》を握り締めたまま尋ねる。「何か、感じないか」

「え？」

「よいか、天童純。この大和の国には、昔からこういう伝説がある。『胸に勾玉《まがたま》を持つ者の子孫たち、再び雄龍霊を黄泉《よみ》帰《がえ》らせるであろう』——とな」

「胸に……まがたま」

「それじゃ！」

源雲は、ぴしりと純の胸の痣《あざ》を指差した。

純は、そっと自分の胸に手を当てた。

そう言われれば——さっきから、胸の痣が熱い。

体の内側から、波打つように鼓動が高鳴っている。

どくん。

どくん。

何かが、胸の内側を激しく叩いている——。

その時、

「きゃあーっ」

というかん高い叫び声が上がった。

全員が、ハッと、声の方を見る。

すると、オロチの箱を抱えていた舎人の一人の頭が、ポトリと下に落ちた。同時に頭のなくなった首の部分から、激しく血が吹き上がった。

「鬼じゃっ」

「鬼どもが出おった！」

舎人たちは叫ぶ。そして、オロチの箱をその場に投げ出すと、慌てふためきながら走って逃げ出そうとした。しかし、一人の舎人の体は、まるでスローモーションでも見ているように、上半身と下半身が腰のあたりで真っ二つになって、どうっ、と音を立ててその場に倒れた。

「きゃあああーっ」

残りの舎人たちは、大急ぎで建物の中に走り込む。

「奴らめが！」

源雲が睨みつける。

見れば、放り出されたオロチの箱のそばには、三匹の鬼が立っていた。

一匹は、キツネのような顔をして、ざんばら髪だった。服装は、獣の皮を剝《は》いで身にまとっているだけで裸足《はだし》だ。背中を丸めて、手には大きな刀を持っていた。それで、舎人を二人斬ったらしい。

もう二匹は、彼に従うような格好で、こちらをじろりと睨んでいた。真っ赤な顔をしている、小柄な朱鬼《あかおに》だった。

しかし……。

これが、鬼？

純の持っていたイメージとは、ずいぶん違う。

鬼というのは、山のような体と、丸太のような腕と、大木のような足。大きな角と、鋭い牙《きば》。そして、誰彼かまわずに乱暴を働く。でも今、目の前にいるのは、身長も純とさほど変わらない少年のように見えた。姿形が少しみすぼらしいだけで。

そんなことを思って、純が呆然《ぼうぜん》と立ち竦んでいると、

「このやろうっ」

頼光が怒鳴って、鬼に向かって走り出した。

走りながら、腰の鬼切丸を抜く。

ひゅん。

白い光が円を描くように空を走った。

と同時に、遥か彼方に立っていた朱鬼の首が宙に飛び、首のつけ根から、真っ赤な血が噴水のように吹き出した。

頼光は、抜き身の刀を手に走る。

鬼たちは、箱を守るようにして身構えた。

純は、ただ息を呑《の》んだまま呆然と見守っていた。

その時——、

《……純……天童……純》

声が聞こえた気がした。

純は辺りを見回す。しかし、誰もいなかった。

でも再び、

《……純……》

と声がする。

不思議に思って、純がもう一度見回そうとした時、

「やあーっ」

頼光の大きな掛け声がした。

同時に、鬼切丸が白い軌跡を描きながら、もう一匹の朱鬼の上に振り下ろされようとしていた。それを、キツネ顔の鬼の大きな刀が受け止める。

ギンッ！

火花が散った。

頼光は後ろによろけ、鬼も弾き飛ばされる。

その隙《すき》に、朱鬼がオロチの箱に手をかけた。しかし、

「ぎえっ」

鬼は叫び声を上げた。

背中に、矢が立っている。

舎人たちが、建物の中から矢を放ち始めたのだ。

ひゅん――。

ひゅん――。

続けざまに矢が飛んでくる。またたく間に、鬼の体には十本以上の矢が立った。

「ぎえええええ……」

鬼は呻《うめ》いて、箱の上に俯《うつぶ》せに倒れた。

一方、頼光とキツネ鬼は、距離をおいて睨み合っている。

頼光が繰り出す鬼切丸は、まるで光のムチのように長く伸びた。それをキツネ鬼は飛んでかわすと、次に、物凄い勢いの太刀を頼光に打ち込んでくる。さすがの頼光も、少し圧《お》されていた。

そんな戦いがしばらく続いた時、

「あっ」

頼光が、切り株につまずいた。鬼の口が、かっと開く。そして、すかさず頼光目がけて大きな刀を振り下ろそうとした。

危ない！

「やめろーっ」

純は大声で叫んだ。

すると、
ゴロゴロロロロロ………。

地の底から響いてくるような、不気味な音が辺りにこだました。

ぐらり、と地面が揺れ、放り出されていたオロチの箱が大きく鳴った。

鬼も頼光も手を止める。

舎人たちも矢をつがえたままで、箱を見る。

牛車の中の三人も、源雲も、そして純も――。

すると次の瞬間、
封印の紙が、真っ二つに裂けて飛んだ。

光の渦と突風が、神泉苑を駆け抜け、泉の水が逆立ち、竜巻となって空に昇って行く。その勢いで建物の瓦が宙に飛び、舎人も何人か飛ばされた。まるで台風の中にいきなり放り込まれたようだ。

「オン・ニソンバ・バサラ・ウン・ハッタ――」

源雲は、近くの松の木にしがみつきながら、必死に真言を唱える。

その隙に頼光は、呆然と立ちつくす鬼に向かって鬼切丸を叩きつけた。

白刃が、しゅん、と輝く。

「ぎゃあっ！」

隙をつかれたキツネ鬼は、左肩から右の腰まで、真っ二つに切り裂かれて、その場に倒れた。そして、口から血を吐いて絶命した。

一方、純は腕で顔を覆ったまま真っ直ぐ後ろに飛ばされ、竜巻の中を、ぐるぐると回り、またしても気を失ってしまった。

やがて――。

「起きよ」

聞き慣れた声と、大きな手で純は体を揺さぶられた。

気がつけば、辺りは、激しい土砂降りだった。滝のような雨の中、純は地面に倒れていたのだ。慌てて起きあがると、純のそばには源雲が立っていた。

「あれを見てみよ」

言われた通りに、純が手をかざして空を見上げると、

何ということだろう……。

暗い空、雲の間を、大きな龍が、ゆうゆうと泳いでいた。まるで、水槽からときはなたれた魚のように。ゆっくりと大きく、純たちの真上の空を遊泳している。

「雄龍霊《オロチ》じゃ」

「えっ……」

純は、腰を抜かしそうになった。

源雲の隣で、頼光も呆然と空を見上げている。

時折、
ゴロロロロッ。

と遠く雷鳴が響きわたる。

雨は全く途切れる間もなく、叩きつけるように降ってくる。中島《なかじま》の松も、庭の榎《えのき》も、欅《けやき》も、豪雨の中で真っ白に煙って見える。

「雨じゃ!」

「あな、嬉《うれ》し」

「雨じゃぞうっ」

さっきまで建物の中に隠れていた随身や舎人たちも、大はしゃぎで外に出てきた。そして、びしょ濡れのまま、雨の中をはしゃぎ回っていた。

「鬼は……」

尋ねる純に、

「頼光が、見事に退治した」源雲は微笑んだ。「おそらく、この雄龍霊を奪いに来たのじゃろう。危ういところじゃった」

「良かった……」

ホッと胸を撫《な》でおろしていると、ゴロゴロと音がして、牛車が純の前にやって来た。簾がしゅるしゅると静かに巻き上がる。

基良が、座ったまま純を見下ろして言った。

「よくやった」

「え」

不思議そうに見上げる純の後ろで、源雲が笑った。

「おまえじゃよ、天童純。見事に、雄龍霊を復活させた。あの雄龍霊は、天童純、おまえの下僕じゃ」

「下僕?」

「そうじゃ。おまえが、奴の主人じゃ」

「主人!」

「さなり。奴は、行きたい所におまえを運び、欲《ほっ》する物を持ってくるだろう」

「まさか」

「まだ信じられぬようじゃな」

「だって……」

そんな純を見て、源雲は再び大声で笑った。

基良が言う。

「そして、都の日照りも今日で終わった」目を細めて、遠く煙る山々を見やった。

「鬼たちも、さぞ、悔しがっていることじゃろうて……。源雲」

「は」

「そちと、そしてその小僧らに褒美《ほうび》を取らす。後ほど、宮内省《くないしょう》まで参りゃ」

源雲が深く頭を下げると、基良たちを乗せた牛車は、またゴロゴロと音を立てながら、大雨の中を神泉苑を後にして行った。そして、その後ろから随身たちが一列になって従って行き、神泉苑には純たち三人だけが残された。

雨はまだ、音を立てて降っている。

オロチを封印していた鉄の箱も、バラバラに壊れて雨に打たれていた。

「凄《すげ》えよ、おまえ」頼光は、びしょ濡れの顔のままで純の方を向いた。「やっぱりやるじゃねえか」

「凄いって言われたって」純は振り返った。「ぼくは何も……」

「血じゃ」源雲も、ずぶ濡れのままで純を見た。「おまえの血が、雄龍霊《オロチ》を黄泉帰《よみがえ》らせたのじゃ」

「血？」

「そうじゃ……。さてと、あ奴をそろそろ呼び戻さなくてはならぬな」

三人が見上げる空には、深緑とも濃茶色ともいえない胴体のオロチが、ときおり光る雷にキラリキラリと鱗を輝かせながら、ゆうゆうと雲の間を泳いでいた。

「でも、呼び戻すって言っても……。あんなもの、どうやって」

「おまえが一言、戻ってこいと言えば戻るはず」

「まさか！」

「さあ。その胸の痣に手を当てて、念じるのじゃ。雄龍霊よ、ここに戻れと」

「それに、戻れっていったって、どこに戻るんですか。箱も壊れちゃってるし、ぼくの隣に来られたって困る」

「我が肩の上に戻れ、と」

「肩の上って」純は空を見上げて、叫んだ。「あんなのに乗られたら、ぼくはつぶれちゃうよ！」

「大丈夫じゃ。わしを信じよ」

「………」

半信半疑のまま、純は胸に手を当てて恐る恐る祈った。

オロチよ、ここに戻れ。

静かに、静かに戻れ――と。

ピカッ、と白い雷が輝き、ゴロロロロ、という雷鳴が轟《とどろ》いた。

次の瞬間、再び強い風が純を襲った。すると、
ふわり、
と純の左肩の辺りに、優しく温かい息を感じた。

その不思議な感触に、純が自分の肩に目をやると、

「うわあ！」

体長十センチほどのオロチが、ちょこんと止まっていた。そして背びれや尾びれを、まだくねくねと動かしながら、口から小さな稲妻をパチパチと放電していた。

空を見上げると、さっきまでいたオロチの影はない。雨はまだ激しく降っているが、少しだけ空も明るくなってきていた。

「げ、源雲さん！」

「可愛《かわい》がってやるが良い」源雲は笑った。「いずれ、そいつにも活躍してもらう時が来るだろう」

「か、可愛がるって言ったって――」

純はオロチを見る。

まあ、確かにこんな大きさになってしまえば、目もくりくりとしているし、角も牙もミニチュアのようで、可愛らしくないことも……ない。

「で、でも！　普段はどうしてればいいの？　餌《えさ》は、何を食べるんだろう？」

「朱砂《すさ》と水銀《みずかね》じゃ」

「すさと、みずかね？」

「じゃが……まあ、そいつは、勝手に自分で探してくるじゃろう。心配はいらん。勝手にさせておいて、必要な時だけ呼べばいい。さて、わしらもそろそろ引き上げるとしようか。もう春とはいえ、こんなに雨に濡れていては、風邪を引いてしまうでな」

源雲は純を見て笑った。

＊

数日後。

雨はまだ、しとしとと京の都に降っていた。

この雨のおかげで、今やこの都で、純を知らない人間はいない。大勢の人々を日照りの苦しみから救ったのだ。貴族たちからも、町の人たちからも感謝された。源雲や、頼光も、純のことを皆に自慢した。

でも……。

純の心は、少しも晴れなかった。

神泉苑でのあの日以来、純は東山にある源雲の寺——不仁王寺《ふにおうじ》に、ずっと寝泊まりしている。どうやら本当に鬼退治をしなくては、家には帰れないらしい。

両親には、源雲がうまく話を伝えてくれているらしかった。彼は、時間を行き来できると言っていた。そのうち純も、連れて帰ってくれるのだろう。

その源雲はとても優しくしてくれるし、頼光も毎日会いにきてくれる。こんなことは、生まれて今まで一度もなかったことだ。でも、どうしてだろう、何故か心が晴れ晴れとしない。

それに、いつもどこかから誰かに見られているような気がしてならない。こっそり見張られているのだろうか。

としたら、一体誰に。なぜ？

「どう思う……」

純は、お堂の中に寝転がりながら、自分の目の前でくねくねと遊んでいるオロチに話しかけた。しかし、オロチは小さな声で、

ピュー。

と鳴くばかりで、何も答えてはくれなかった。

頼光たちは、昨日も鬼退治に出かけていったらしい。

鬼たちはなかなか手強《てごわ》くて、こちらの仲間も何人かやられたと言っていた。

「早く、手伝ってくれ」頼光は苦笑いしながら頼んできた。「源雲の話によれば、そのオロチは凄い力を持ってるらしいじゃないか」

確かに源雲は、そう言っていた。

遠い昔、七つの村を一瞬にして滅ぼしてしまった、と。

そして、このオロチは純の下僕で、自分の命令ならば何でも聞く、と——。

だから、多分純が「行くぞ」と声をかければ、この小さな蛇のようなオロチは、この間のように大きな龍になって空を駆け昇るのかも知れない。そして、人々に悪事を働く鬼たちを、退治してくれるのかも知れない。

事実、早くそうさせろという声が、貴族たちの間であがっていると聞いた。しかし源雲が、まだ早いと反対しているという。

実際に純は、迷っている。

悪い鬼を懲《こ》らしめるのは、当たり前のことなのだろう。頭では分かっているつもりでも、何故か気分が乗らない。どうしても鬼たちと戦う気にはなれない。

どうしてだろう？　理由も分からない。

頼光からも、

「もしも決心がついたら、俺の家に来てくれ」

と言われて、一枚の地図を手渡されている。その薄っぺらい紙を眺めながら、

「はあ……」

溜め息をついてお堂の床にあお向けになると、オロチは純の腹の上に乗っかって、スヤスヤと寝息を立て始めた。

《伝えられてきたもの》

五日間続いた雨も上がり、京の都には再び眩《まぶ》しい陽射しが降り注いでいた。

あれから、例の三人に毎日呼び出されている。早く、オロチを連れて鬼退治に出発しろ——と、いつもその話だ。

この日も、そうだった。

大内裏の兵部省《ひょうぶしょう》——。

純の前には基良《もとよし》と宿禰《すくね》と麻呂《まろ》が、そして横には源雲《げんうん》が座っていた。そこで純は、いきなり基良に怒られた。

「雄龍霊《オロチ》がこの世に復活して五日目。何故《なにゆえ》におまえは、奴と共に鬼退治に出かけようとせぬのじゃ」

「さなり」宿禰も、大きな目でじろりと純を睨みつける。「その間にも鬼たちは、大《おお》江山《えやま》、愛宕山と移動して都まで下りてきては、悪事を働いておる。この間などは鞍馬《くらま》の天狗たちと手を組み、賀茂川沿いにまで押し寄せてきおったのじゃぞ」

「しかしそれは、頼光《らいこう》の率いる武者団で何とか抑えた。しかし、かなりの武者たちが手傷を負ってしまった」

俯《うつむ》いたままの純に代わって、源雲が弁解した。

「しかし右大臣どの。この少年は、まだ雄龍霊の使い方を、よく心得ておりませんものでして――」

「なんと」基良は皮肉な目つきで源雲を見る。「あの雄龍霊は、小僧の手下ではなかったのか」

「さようではございますが……」源雲は純を庇《かば》う。「雄龍霊は、この天童純が、心より念じた時のみ動きまする。心から怒れば雄龍霊も雷雲を呼び天空を暴れ、心から悲しめば雄龍霊もまた玉の涙を流しまする」

「つまり――」宿禰は、目を細めて純を見た。「その小僧は、まだ鬼と戦う気になってはいないというのか」

「おそらくは」

「何ということ！　この一刻を争う重要な時に、なぜ、小僧は我々と共に戦おうとしないのじゃ」

いきりたつ宿禰を、「まあまあ」麻呂がなだめた。

「そう焦らずとも良いではないか。ゆるりと待ちましょうぞ」

「中納言までもが、そのようなことを！」宿禰は、バシリと扇で自分の腿《もも》を叩いた。

「何を悠長な」

その剣幕に首を竦める純の向こうで、麻呂は上目づかいに宿禰に言う。

「いいや、そのようにおっしゃられてものぅ——。本人が嫌じゃと申しておるものを、仕方なかろう」

「何をそのような！」

「だが、しかし——」

などという激論が——純を除く——四人の間で闘わされた。そして純はその間、ただ俯いたまま、じっと座っていた。

結論が出ないまま、やがて会議は終わり、解散になった。

すると麻呂が帰り際に、

「これ」こっそりと純を呼んだ。「ちと、こちらに来やれ」

純は肩を落としながら、麻呂の後ろからついて行く。

豊楽院《ぶらくいん》を右手に見ながら、二人は歩く。そして宴《えん》の松原《まつばら》と呼ばれる広い庭を通り過ぎると、麻呂は図書寮《ずしよりよう》に入って行った。階《きざはし》を上がり、一つの部屋の前に来ると、カラリと格子を開けて中に入る。

麻呂は円座《わろうだ》の上に腰を下ろして脇息《きようそく》に寄りかかると、高杯《たかつき》を取り出した。そしてその上にパラパラと干菓子を載せて、純の前に差し出した。

「これでも食べ」

「え？」

「ここには、こんなものしかないが、不味《まず》くはないぞよ」

純はお礼を言って、一つつまんで口に入れた。奥歯で、ポリッとかじると、ほんのりと甘かった。

「おまえも大変じゃの」麻呂は大きく溜め息をついた。「周りから、色々とうるさいことを言われているようじゃが、許してやっておくれ。右大臣たちも、悪気があってのことではないのじゃ」

「……はい」

下を向いたままで頷く純に、麻呂は言う。

「つまり、それもこれもみな、鬼たちのせいなのじゃ。決して右大臣や大納言たちが悪いのではない」

そうだ。それだ。

「あの……。一つ、訊きたいことがあるんですけれど」純は、最初からずっと疑問に思っていたことを、麻呂に尋ねることにした。

「何か？」

「ふと思ったんですけれど、もしかしたら鬼たちだって、本当は平和に暮らしたいと思っているんじゃないですか？　人と戦って死ぬのは嫌なんじゃないですか？」

「死ぬ！」麻呂は急に顔をしかめて、パタパタと扇を動かした。「これ。あまり不吉な言葉を口にしてはならぬぞよ」

「ごめんなさい」

謝る純を、麻呂は優しく見た。

「じゃがまあ……その通りだろう。彼らとて、それを怖れておらぬはずはない」

「じゃあ、どうして襲ってくるんですか？」

「そうだのう」麻呂は天井を仰ぎ見る。「機会があれば、鬼に直接尋ねてみたら良いかも知れないのう」

「直接？　直接──って、鬼たちは言葉を話せるんですか！」

「たいていは話せるじゃろう。ただし、我らのような雅《みやび》な大和言葉ではないがのう。

何とか通じるぞよ」

「あなたも、鬼と話したことがあるんですか」

「遥か遥か昔に、ほんの一言、二言じゃ。それ以上はとてもとても――」

そうか！　と純は自分の腿をパンと叩いた。

「良いことをお聞きしました」純は麻呂に向かって、ペコリとお辞儀する。「直接、確かめてみれば良かったんだ」

「ああ。そうしてみるが良いぞ。しかし我々の計画が達成されてしまえば、そんなことも――。あ。い、いやいや。それは、こちらの話じゃった」

「……？」

その後、純は麻呂と少しの間、話をした。

この国の成り立ちや、都の人々の暮らし。そして貴族たちの優雅な生活。

特に麻呂の熱が入ったのは、十二単《じゅうにひとえ》をまとった、長い黒髪の女性たちの話だった。毎日、日が暮れた頃から、お互いに歌を詠《よ》み交わし、恋に戯れるのだそうだ。

「あなたも？」

純は、麻呂の糸瓜顔《へちまがお》に向かって、思わず質問してしまった。

もちろんじゃ、と麻呂は胸を張る。

「歌や恋文を、渡したり渡されたりしての。これがなくては、生きておる甲斐がないではないか」

ホッホッホッ、と笑う。

こうしてみると、麻呂は宿禰たちと違って、あまり戦いを好んではいないようだった。むしろ、歌を詠んだり、楽《がく》を奏でたり、蹴鞠《けまり》を楽しんだりして暮らしたがっているようだった。もともと、おとなしい性格のようだ。となれば、基良や宿禰たちとも対立しがちだろう。貴族の暮らしも、色々と大変だ。やがて、

「ごちそうさまでした」

と純は、麻呂の部屋を出た。振り返って、ふと思う。

純のいた世界のことを訊かれなかったのは、ただ単に、麻呂が全く興味がなかったのか？　それとも、それがこの世界のルールだからか？

あるいは、純のことを思いやってくれたからだろうか？

〝意外と良い人だ〟

純は、朱雀門をくぐりながら、麻呂の気弱そうな糸瓜顔を思い浮かべて微笑んだ。

その多治比麻呂が宴の松原で惨殺されたのは、翌日のことだった。

＊

翌日の晩。

純は、また大内裏まで呼ばれた。

今度は内裏の女官たちが、純と、そしてオロチを見たいと言ってきたらしい。麻呂の言っていた、きらびやかな十二単をまとった女性たちだろう。しかし教科書で見た、この時代の女性の顔――引目《ひきめ》鉤鼻《かぎばな》下《し》ぶくれの「おかめ」のような顔――を想像すると足が重かった。それでも源雲に説得されて、嫌々ながら仕方なく、夕刻に大内裏の真言院で待ち合わせることになった。

晩から、雲行きが怪しくなった。空は黒い雲に覆われ、ときおり風が、ひゅうっと京の町を駆け抜けていった。

小さなオロチを肩の上に乗せたまま、純はいつものように朱雀門をくぐると、豊楽院の大きな建物を横目に、真言院へと向かった。

真言院の前には、宴の松原がある。そしてそこには、名前の通りに松の木が数十本も植えられている。

純は白い砂利を踏みながら、ふと何気なく宴の松原に目をやった。一本の松の木の根元に、黄色っぽいものが落ちている。それはどうやら、狩衣のようだった。純は近づく。すると――。

そこにあるのは狩衣だけではない。人が倒れている。

その時、生温かい風に乗って、血の臭いがした。

純は思わず走り寄った。

そして、松の根元で立ち止まって覗き込むと――。

「あっ！」

こちらを向いたまま倒れている、血の気のすっかり失せているその顔は、多治比麻呂だ！

麻呂が、砂利の上に俯せに倒れていたのだ！

そしてその体を見れば、左の肩と右の腰を結んで、真っ赤な線が入っていた。つまり――真っ二つに割れていた。

「うっ」純は口を押さえて息を呑み、その場で膝をついてしまった。

その時、麻呂の手元が目に入った。

「これは……」

純は、恐る恐る覗き込む。

そこには、

『をに』


と書かれていた。

麻呂は、細かい砂利の上に、文字を残していたのだ。

「をに……鬼！」

鬼にやられた、ということなのだろうか。

鬼が、こんな場所まで入ってきたというのだろうか。

純の足は竦み、膝が、がくがくと震えた。

「――げ、源雲さん！」

大声で叫ぶと、純は真言院に向かって走った。

真言院には源雲と数人の貴族、そして艶《あで》やかな十二単ではなかったが、美しい着物――袿《うちぎ》をまとった女官たちが、純の到着を待っていた。

御簾《みす》の向こうから、

「おお」純を見つけて一人の女官が声を上げた。「これが、噂の小僧か」

そして、ゆったりと眺める。

「わらわは、顕子《あきらこ》。基良の妹じゃ。よろしくな」

はっきりとは確認できなかったけれども、その顔は、教科書の絵で見たような、おかめ顔ではなかった。少しのっぺりとはしている。しかし白くて綺麗な、ごく普通の女性の顔だった。ということは、教科書の絵は何だったんだろう。

しかし、自分たちのことを考えてみても、時代を代表する美人といったところで、誰もが皆その人だけを美しいと考えるわけでもない。たまたま、その女性が選ばれただけということもある——。

などと、ほんの〇・五秒ほどの間に考えたものの、今はそれどころではない！

「源雲さん！」

「どうした」源雲は微笑む。「遅かったではないか。さ。こちらに来《こ》よ」

「大変なんだ！　早く外へ」

「？」

「多治比麻呂さんが、殺されているんです！」

えっ、と全員の顔色が変わった。

「なんじゃと」

膝を立てて身を乗り出す源雲に向かって、純は訴える。

「本当です。宴の松原のところでっ」

「なんと！」

源雲は立ち上がり、周りの貴族や女官たちは、

「あな、恐ろし」

と、どよめいた。すると先ほど顕子と名乗った女官が、

「蘇芳《すおう》、世須《せす》！」と部屋の隅に控えている女たちに向かって呼んだ。「源雲と一緒に、見ておいで」

その声に、

「はい」

二人の女が立ち上がった。一方、男たちは、

「恐ろしや、恐ろしや」

と部屋の隅に固まって、ただ震えるばかりである。

〝なんだ、こいつら〟

純は思ったが口には出さずに、

「源雲さん、こっちです」

格子を開けて、階を飛び降りた。砂利の上を、麻呂が倒れている場所まで走る。その後ろを源雲が、そして二人の女が続いた。

やがて宴の松原まで到着すると、

「これはっ」

源雲は松の根元に倒れている麻呂を見つけ、顔をしかめて僧衣の袂《たもと》で自分の口を押さえた。

「何ということじゃ……」純を見る。「おまえが見つけたのか?」

うん、と純は頷いた。

「源雲さんのところに行こうとして、ここを通った時に見つけたんです」

「一太刀《ひとたち》じゃの」源雲は眉根《まゆね》を寄せて、唸《うな》る。「鋭い太刀じゃ。これは、人の仕業ではないな」

そこで純が、さっき見つけた文字の話をしようとした時、

「ああ……」

と声がして、純の隣で女が倒れた。こんな酷い場面を目にして、貧血を起こしてし

まったのだろう。

「世須。世須！」

もう一人の女——蘇芳が、世須を支える。

「これ！　大丈夫か」

源雲が声をかけると、世須は弱々しく、

「……はい」

と頷いた。それを見て源雲は厳しい顔で言う。

「では、一刻も早く、右大臣どのに連絡を。わしたちは、ここにいる」

はい、と蘇芳は答えて、世須を抱きかかえるようにして、来た道を戻っていった。

「しかし」源雲は、女たちが去ってしまうと腕を組んで呟《つぶや》いた。「実に無惨なやり口じゃ。一体、何者が——」

「そうだ！」その言葉に、純は叫んだ。「麻呂さんが、最後に書き残していたんだ」

「なに？」

「ここです」純は、しゃがみこむ。『をに』って書いてありました。鬼にやられたってことでしょう」

そして純は、麻呂の指先の地面を指した。しかし——。

「あれ？」

そこには、何もなくなっていた。ただ、薄暗い中で、砂利がぼんやりと白く輝いているだけだった。

「何じゃ、何かあったのか」

「おかしい！　さっきはここに『をに』っていう字が書かれてたんです。ちょうど、麻呂さんの指先のところに。でも、今は消えてる。誰かが消しちゃったのか……」

「鬼――とあったのか」

「そうです。はっきり見ました。信じて！」

「信じるぞ」

「本当ですか」

ああ、と源雲は大きく頷くと、ゆっくりと松林を見回した。

「足跡がないではないか」

「足跡……」

「そうじゃ。ここは大内裏の中央じゃ。そして、この一部分にだけ松が生えておる。たとえこの場所で麻呂を殺害したところで、足跡もつけずに逃げ込むような場所など、この辺りにはどこにもないではないか。松林の周りには、結界が張られておるしのう」

「ああ――」

「見たところ」源雲は地面を指差した。「松林に続く麻呂の足跡が片道一列。そして、おまえの小さな足跡が、往復一列。あとは、今付いたわしらの足跡だけじゃ。それ以外に、何もない」

「ということは――。麻呂さんを殺した奴は、一体どこに消えちゃったっていうんですか」

「松の木に登って麻呂を待ち伏せ、そして斬りつけたとしても、一番低い枝まで十尺はある。到底、刀では届かない」

「棒の先に、刀を結び付けていたとしたら？」

「それでは、このようにスッパリとは斬れまい。だから鬼の仕業と言うのじゃ。鬼ならば、足跡も残さずにその場から煙のように消えるのも自在だろう。でなければ、ここから武徳殿《ぶとくでん》の屋根まで、一息に飛び上がることもできるであろう」

純は、数十メートルも先に見える武徳殿の立派な屋根を見上げた。

鬼ならば、これくらいの距離は飛べるのだろうか。

それは分からなかったが、人間には到底無理なことは確実だった。

「まあ、それでなくとも」源雲は言う。「この場所からは、鬼の臭いがするからの」

「鬼の臭い？」

「そうじゃ。人ではない臭いが、ここに残されている。これは、確実に鬼の臭いじゃ。それに、もしも殺害者が人であれば、このような真似《まね》はしないだろう。麻呂の血が、自分にもかかってしまう怖れがあるからの。特に貴族たちは、血を嫌う。だからこそ、呪禁《じゆごん》や人形《ひとがた》や蠱毒《こどく》を使うのじゃ」

純が不安そうに周りを見回したその時、

「そうであろう」

後ろから声がした。

振り返るとそこには、数人の舎人《とねり》に護られて基良と宿禰が立っていた。

「またしても鬼の仕業か」基良は顔を背けながら言った。「何ということじゃ」

「さなり」宿禰も目を細めて頷く。「こんな惨《むご》いことを平気でできるのは、奴ら以外にはおらぬだろう。奴らは、血を見ることを何とも思っておらぬからの」

「しかし、鬼めら。こんな場所にまで入り込んで来ているとは。もっと、警戒を厳重にせねばならぬのう。立ち明かしの衛士《えじ》をふやし、そして、篝火《かがりび》を一晩中焚かせるとしようか」

「そのように。さ、もう暗い。この場所は危ないですぞ」

「そうじゃの。戻るとするか」

「犯人の鬼を追わないんですか」

尋ねる純を見て、基良は鼻で嗤《わら》った。

「それは無理というもの。もうすでに都の外に逃げ出していよう。それに、陽の落ちたこれからは、鬼たちの刻《とき》だ。追えばまた犠牲者が出る」

そう言うと、二人は純たちに背を向けて戻っていった。

舎人たちが顔を背けつつ、麻呂の遺体を運んでいく姿を眺めながら、源雲は純に向かって言った。

「しかし……」源雲は苦々しい声で呟いた。「このような非道なことは許せぬ」

それは純も同じだった。

麻呂は、今晩、たまたま宴の松原で鬼と出会ってしまったのだろう。そのために、殺されてしまったに違いない。

それにしても、戦いを好んでいなかった麻呂を、どうして殺さなくてはならなかったのだ。しかも、こんなに無惨な形で……。

びゅうっ、と松が揺れた。

宵の風が、松林を通り抜けていく。

純は両の拳を固く握り締めて、まだその場に立ちつくしていた。


深夜――。

夕飯に出された干物が、少し塩辛かったので、純は夜中に喉が渇いて起き出した。

月明かりが、白くお堂の中に射し込んでいた。

その明かりをたよりに、枕元に置いてあった湯呑みから水を飲もうとした時、

〝鬼だ！〟

湯呑みの水に、天井にへばりついている小鬼の姿がゆらりと映った。

純は天井を見上げる。すると小鬼は、

「キューッ」

と叫びながら、純に飛びかかってきた。

「わあっ」

純は叫んで、湯呑みを放り出した。そして小鬼ともつれる。

その物音に、

「どうしたのじゃっ」

源雲が、バタバタと廊下を走ってきた。

ガラリ、と戸が開いて、

「おお！」

布団の上で揉《も》み合っている純の姿を見て源雲は、

「オン・バザラヤキシャ・ウン！」

真言を唱えると同時に、数珠を突き出した。すると小鬼は、

——キュン……。

と叫んで、その場に固まってしまった。

「源雲さん！」

純は駆け寄る。

「小鬼で良かった。どうやら鬼たちも、おまえのことを気にして見張っているらしい。気をつけねばのう」

源雲は小坊主を呼び、固まっている小鬼を、部屋から連れ出させた。

「そうかっ」頼光は、自分を訪ねてきた純を見て、目を輝かせた。「やっと行く気になったか」

「うん」純は頷く。

＊

あれから一晩、考えた。

昨夜の麻呂の殺され方。

何の罪もない気の弱い貴族を、あんな無惨に殺してしまう鬼。

そして、何の理由もなく自分を襲ってきた小鬼。

それ以前にも、鬼が起こしたという日照り。飢饉。疫病。争乱——。

やはり、鬼は鬼なのだ。

鬼たちにとっては、人殺しや戦争が日常なのだ。とすれば、彼らと話し合ったところで無駄なのかも知れない。人と鬼とは、戦うしかないのかも知れない。きっと歴史の初めから、対立していたのだろう……。

そんなことを思って、全く眠れなかった。

そして朝になって、自分の傍らで、小さな髭をヒューヒューと揺らしながら眠っているオロチを見た時、純は決心した。

頼光たちと一緒に、鬼を退治しに出かけようと。


「おーい！　純が来たぞーっ」

頼光は邸《やしき》の奥に向かって叫ぶ。

邸といっても、貴族たちのそれとは大違いだ。柱も格子も床も、全部みすぼらしい。隙間風が、びゅうびゅうと通り過ぎていく。何とか雨を凌《しの》げるという程度だ。

しかし頼光の呼びかけに、邸の奥から「おう！」という元気の良い声が返ってきた。そして、ドスドスと大きな音を立てて、粗末な床の上を直垂《ひたたれ》姿の二人の少年が走って来る。

「おまえが、天童純か」髪の毛をボサボサにしたままの少年が言う。「俺は綱《つな》だ。よろしくな」

「なんか、ひ弱そうな子供だな」もう一人の、すっかり日焼けした真ん丸顔の少年が、ガハハッと笑った。「俺は金太《きんた》だ。よろしく」

「よ、よろしく……」

呆気にとられた純が、ペコリとお辞儀をすると、頼光が言った。

「こいつら二人は、俺の仲間なんだ。いつも一緒に鬼退治に出かけてる。綱は、刀が凄いぜ。そこらへんの小鬼ならば、二匹並べて斬れるし、愛宕山では、鬼の放った丸太のような大蛇を真っ二つにした」

へへへっ、と綱は笑った。白い歯がこぼれる。

「そして金太は、凄《すげ》え力持ちだ。この間、でかい熊《くま》を一頭投げ飛ばしたのには、さすがの俺も驚いた」

ガハハッ、と金太は頭を掻いて純に言う。

「俺は山育ちだからな。しかし、木を渡る術は頼光にはかなわねえよ。頼光は見た目よりも、ずっと身が軽いんだ。それよりもおまえは、オロチを使うんだろう。噂に聞いてる。それが、そのオロチか？　子供じゃねえか」

純の肩に乗っているオロチを、金太は覗き込んだ。そして、そうっと指を出す。

すると、

「ぎゃあっ」

いきなり噛みつかれて、金太は叫び声を上げた。

「こらっ」純は慌ててオロチをなだめる。「止《や》めろ！　ダメだよ」

ははは っ、と頼光と綱は笑い転げた。

「金太は、鬼と熊には強いけれど、子供のオロチには弱いのか」

「く、くそっ」

金太は噛まれた指を庇いながら、オロチを睨んだ。

その様子を見て、また頼光たちも笑う。純も思わず、くすっと笑ってしまって、

「あ。ごめん」

金太に謝った。しかし金太は、

「気にするな」と純の方を向いて照れ笑いした。「その代わり、明日から一緒にがんばろうぜ。鬼たちは、なかなか手強いぞ」

「うん。分かってる」

「今度は、深泥池《みどろがいけ》の辺りまで押し寄せて来ているらしいぞ」綱が言う。「明日は、そっちの方面に行ってくれって言われた」

「やれやれ、忙しいことだな」頼光が苦笑いする。「この都も、いつ鬼に占領されるか分からないからな。でも、もう少しすれば、俺ももっと強くなれる。そうしたら、鬼の奴らなんかに都の土を踏ませない」

そこで純は三人に、大内裏の宴の松原まで鬼が現れたことを告げた。

「ちっ」金太は舌打ちして、大きな腹を撫でた。「俺がいれば、絶対にやっつけてやったのになあ」

「本当か？」綱が冷やかした。「指でも噛まれて、大泣きするのがせいぜいだろ」

「何だと、この野郎。ひょろひょろのおまえと違うぞ！」

「何が、ひょろひょろだ。おまえが、肥えすぎなだけだ」

「なにい。もう一度言ってみろ！」

金太は綱に飛びかかる。そして二人で庭に転がり落ちた。それを頼光は楽しそうに眺めている。

純も——久しぶりに、何か楽しい気分になっていた。

《鬼の剣》

羅城門《らじょうもん》から見上げる空は、真っ青だった。

朱雀大路《すざくおおじ》に散らばっていた軍衆《いくさびと》たちが、ぞろぞろと隊列を組んだ。

「せいれーっ！」

頼光が声を上げる。その声に、この鬼退治の軍団の大将は、頼光だった。

頼光の下に、綱と金太がいる。そして綱と金太の下に二人ずつ中隊長がいた。その部下たちは、それぞれ四、五十人ほどの軍衆を率いていた。総勢二百人ほどの軍勢だ。その他にも、作戦を練る役目の人間や、後方支援の人間や、武器を調達して馬や牛に載せて運搬する人間と、こちらも五十人以上いる。

しかし、何よりも純が驚いたのは、それら全てを仕切っている頼光が、軍衆の中では、とても若いということだった。そして、戦いに出る大人たち誰からも信頼されているということだった。

確かに、伝家の宝刀・鬼切丸《おにきりまる》を腰に帯び、腕組みをして羅城門に仁王立ちするその姿は、とても凛々《りり》しかった。頼光は叫ぶ。

「今日は羅城門を出て賀茂川を上り、深泥池《みどろがいけ》の周辺に集結している鬼たちをやっつける。今ここで叩《たた》いとかねえと、貴船《きぶね》や鞍馬《くらま》から下りてきた奴らの拠点になっちまうからな。分かったかっ」

おおう!

という勇ましい声とともに、たくさんの長い鉾《ほこ》や大きな太刀が青い空に向かって突き上げられた。頼光は、それを満足そうに眺めると、

「それじゃ、作戦は季武《すえたけ》から聞いてくれ」

と言って、身を引いた。それに代わって、これまた綱や金太と変わらないような歳《とし》の少年が、羅城門の中央に立った。そして、ゆっくりと全員を見回すと口を開いた。

「今回は、まず全員で出雲路橋《いずもじばし》まで押し出したあと、綱のもとで第一、第二中隊は東の八瀬《やせ》に展開する。続いて金太の率いる第三、第四中隊は、なおも賀茂川に沿って上流へと移動。そして残りの隊は――」

季武は、立て板に水を流すように説明する。

やがて説明が終わり、純は、頼光が率いる本隊に従った。

鬼たちが、大蛇《だいじや》や土蜘蛛《つちぐも》を使い始めたら、それをオロチで撃退するという役目だ。純はさすがに、緊張のあまり身震いした。いや、武者震いか。

「しゅっぱあーっ！」

頼光の一声で、軍衆は足音高く羅城門を後にした。

「どうした。顔が強張ってるぞ」

肩に大きな鉞《まさかり》をかついだ金太が、歩きながら純に声をかけてきた。

純は「い、いや……」とだけ答える。

でも実際は口がからからで、うまく唾《つば》も飲み込めないほどだったのだ。

「心配するな」金太は、腹を突き出して笑う。「お前の、そのオロチに敵《かな》う奴なんて、この大和の国にはいないさ」

「ねえ……」純は金太に尋ねた。「どうして金太は、鬼たちと戦っているんだ。仏教の教えのため？」

「あ」金太は純を見る。「さあね。俺には、そんな難しいことは分からねえよ。ただ、人を苦しめる奴らは、やっぱり許してはおけないだろう。それだけのことだよ」

「そう……だね」

「それに正直言えばさ、こんな世の中だろう。武士だなんだって言って威張ってたって、明日の食い物があるかどうかだって分からない。でも、取りあえず貴族たちについていれば、食べるだけは何とかなるしな」

複雑な思いで、純が聞いていると、

「何だ、どうした?」綱が間に入ってきた。「また金太のいじめか?」

「ば、馬鹿を言うな! 俺は純を――」

「おい、純。余り気にするなよ」綱は金太を横目で見ながら言う。「こいつはちょっと変な奴だからな。何しろいつも、鉞一本で鬼退治に出かけようっていうんだから」

「何だと。どこが変なんだ。おまえの、ひょろり刀より、よっぽど立派じゃねえか」

「なにい」

睨み合う二人に純は言う。

「あ、あのう……」

「なんだ!」

綱と金太が同時に振り向いた。純は隊列の前の方を指差す。

「頼光さんが呼んでるみたい――」

「あっ」

自分たちを手招きしている頼光の姿を見ると、二人は慌てて走って行った。

純は、何となくおかしくなって、くすっと笑ってしまった。


やがて、軍衆は足を止めた。出雲路橋に到着したのだ。

ここから軍は、三つに分かれる。綱は東に、金太は西に行く。純は、頼光と共にこの場所に残る。前方に見える山の麓《ふもと》——深泥池の辺りに、鬼たちがいるのだろう。

何か、今までとは違った空気を純は感じていた。背筋が、ぞくぞくするような……首筋が、ひんやりとするような……。

頼光は無言のまま軍衆に向かって、その場で待機するように手で合図をした。軍衆はそれぞれ草むらに身を隠すと、太刀や弓矢を取り出した。

中に数十本の矢が入っている大きな胡籙《やなぐい》がいくつも用意された。その矢も、真っ直ぐな矢尻の「野矢《のや》」、鋭い三角形の矢尻の「とがり矢」、そして火を点《つ》けて放つことのできる「火矢《ひや》」など、何種類も用意されていた。弓も、一人で引く普通の弓から、三人がかりで引く大きな「籐弓《とうのゆみ》」まで、準備された。そしてみな、兜《かぶと》を深く被り直して、しんと静まり返っている深泥池を睨む。純は、手のひらがじっとりと汗ばむのを感じた。

その時、
カアア……カアア……。

東と西から、カラスが一羽ずつ飛んできた。

綱と金太からの知らせだ。二羽のカラスは、頼光のもとに舞い降りる。おそらく、二人とも準備が整ったという知らせだろう。

頼光は、すっくと立ち上がった。一陣の風が草むらを駆け抜ける。見上げれば、空はいつしか暗い雲に覆われはじめていた。

「鏑矢《かぶらや》を——」頼光は振り向きもせずに命令する。「放て！」

その声と同時に、大きな音を立てて一本の鏑矢が、そしてそれに続いて、十数本の野矢が放たれた。

「続け！」

頼光の言葉に、なおも十数本の矢が放たれる。すると、
ドン。

という大きな音とともに、深泥池の水が跳ねあがり、大きく草むらが揺れた。

「来たぞっ！」頼光が叫ぶ。「火矢を！」

ひゅん。

ひゅん。

赤く燃える矢が、前方の草むら目がけて撃ちこまれる。

ぼううっ、と草むらが真っ赤に燃えた。すると、その炎の向こうに――。

「鬼じゃ！」

「出たぞうっ」

軍衆が叫んだ。

純は目を見張る。

燃え上がる炎をくぐり抜けて、黒く長いざんばら髪の異形《いぎょう》のモノたちが、こちらを目指して走り出してきた。何十四いるだろうか。みんな、手に手に大きな剣や金棒や、人の背丈ほどもあろうかという弓を持っている。

鬼たちからも、矢が射かけられる。

空気を切り裂くような凄《すさ》まじい勢いの矢が、頼光たちの陣に撃ちこまれた。何人かの軍衆が、その矢に当たって倒れた。

頼光は、自分の腰からスラリと鬼切丸を抜くと、

「突っ込めえっ」

大声で命令した。その声に軍衆も、

「わああーっ」

と、鬨《とき》の声を上げて鬼に向かって突っ込んでいった。

軍衆と鬼たちは、正面からぶつかり合った。うおーっ、という激しい声を上げながら、二つの軍は火花を散らす。人数では、圧倒的に人の方がまさっているにもかかわらず、戦いは全く互角だった。

「貞光《さだみつ》！」

頼光は、傍らの少年に向かって叫んだ。貞光と呼ばれた少年が頼光の隣に跪《ひざまず》き、兜の下から「はいっ」と返事をすると、

「今だ。綱と金太に、突撃しろと伝えろ！」

「はっ」

貞光は鎧《よろい》の下に隠していた、先ほどのカラスを空に放った。

カラスが東と西に飛んでいくのを見届けると、

「進めーっ」

頼光は、さらに軍衆に命令した。

一進一退の攻防が続いていたその時、大きな掛け声と共に、金太の率いる一隊が駆けつけてきた。同時に、八瀬からは、綱の率いる軍衆が突っ込んでくる。二つの軍

で、鬼たちの側面をついて、分断してしまおうという作戦だ。

その攻撃に、さすがの鬼たちも一気に崩れていく。徐々に押されて、少しずつ退却し始めた。それを見て、軍衆は勢いづいて突進しようとしたが、頼光は冷静に進むように指示を下す。しかし、

「それっ。今だぞ、突っ込めーっ」

勢いに乗った若者の一群が、逃げる鬼たち目がけて突進して行った。

「馬鹿ッ！　戻れっ」

頼光が叫んだが、若者たちは手に鉾や刀を振りかざして、鬼たちに向かって突っ込んで行ってしまった。そして、まさに鬼たちに襲いかかろうとしたその瞬間、深泥池のそばの小さな山が動いた。

純は目を見張る。そして瞬《まばた》きして、もう一度その小山を見た。

気のせいではなかった。山が動いている。

「退《ひ》けえーっ」

頼光が叫んだ。その声に、綱も金太も、一瞬戦いを止めて顔色を変えた。

「出たあ！」

軍衆は、雪崩《なだれ》を打って逃げ出した。

「土蜘蛛だぞおっ」

純は目を凝らす。

見ればその小山には、爛々《らんらん》と赤く輝く二つの目があった。大きな上顎《うわあご》からは長い触肢《しょくし》がハサミのように飛び出している。そして大木のような八本の太い脚を、のそり、のそりと動かして、こちらに向かっていた。時折、その口から、しゅううっ、と白い煙を吐いている。

「ぎゃあーっ」

頼光が止めるのも聞かずに、無理矢理に突っ込んで行った若者たちが、その白い煙に巻かれてバタバタと倒れた。

「純!」頼光が振り返った。「おまえの出番だ」

「え?」

「それだよ」頼光は、純の肩に乗っているオロチを指差した。「ただの飾りじゃないんだろうが!」

「で、でも……」純は、戸惑う。

一体何をどうしたらいいのか、全く分からない。

大きくなれ、と心の中で念じれば良いのだろうか?

空に昇れ、と命令すれば良いのだろうか？

純が途方に暮れているその間にも、土蜘蛛は、不気味な白煙を吐き出しながら、軍衆を蹴散《けち》らしていた。

「だめだ、頼光！」さすがの綱も、頼光のもとに駆け寄ってきた。見れば、その額から血を流している。「一旦、出雲路《いずもじ》橋《ばし》まで下がろう」

「しかし」頼光は、厳しい顔で綱を見た。「今下がったら、総崩れだ。鬼たちは一気に都まで押し寄せてくるぞ」

「だが、あいつには全く歯が立たない！」

「くっそーっ」軽く足をひきずりながら、金太も戻って来た。「なんて野郎だ。とがり矢も火矢も、みんな撥《は》ね返しやがる」

悔《くや》しそうに眺める三人の目の前で土蜘蛛は、
ばあーっ。ばあーっ。

と、毛むくじゃらの長い脚で、軍衆を蹴散らし、空に投げ上げていた。

「ちくしょうめっ」

金太は叫び、鉞《まさかり》を握り締めた。

「あっ、こら！　止《や》めろっ」

止める頼光と綱を振り切って、金太は土蜘蛛目がけて、物凄いスピードで突っ込んでいった。土蜘蛛の吐き出す白い息を、ぎりぎりのところでかいくぐって、何とか脇に回る。そして次の瞬間、

「やあーっ」

という大きな掛け声とともに、金太は空高く飛び上がった。空中で鉞を大きく振りかぶる。そして自分の体重ごと、土蜘蛛の脚目がけて一気に振り下ろした。

ゴン……。

という鈍い音がして、土蜘蛛の脚は切断された。

ぐおおおおーっ。

土蜘蛛は大声で吠えた。

そして、勢い余って地面に転がっている金太を、真っ赤な目でじろりと睨む。しかし金太は、さっきひきずっていた足を、また打ってしまったようで立ち上がれない。

「金太！　危ないっ」

綱が叫んだ。

しかし土蜘蛛は、残っている脚で金太をしっかりと捕まえてしまった。金太は必死にもがく。だがそれは、何の抵抗にもならなかった。土蜘蛛は大きく口を開けた。そ

して、ゆっくりと金太を自分の口に運んでいく。巨大なハサミのような触肢が左右に開いた。その奥に、割れた柘榴《ざくろ》のような口が見えた。

金太が食べられてしまう！

「やめろーっ」

純は、腹の底から叫んだ。その時、
ピシャッ！

ガラガラガラ――。

稲妻が一閃《いっせん》、大きな木に雷が落ち、耳元で風を切る音がした。

「うわあっ」

純の体が宙に舞う。竜巻に呑み込まれたように、上空高く放り出された。地上が、草むらが遠くなる。軍衆が豆粒のように小さくなった。

純は息を呑んで目をつぶった。

自分は、この竜巻に巻き込まれて死ぬ――。

そう思った。しかし次の瞬間、柔らかいモノの上に背中から落ちた。木や草むらではない。かといって、土の上でも水の上でもない。純は慌てて腹這《はらば》いになる。

「あっ」

思わず大声を上げてしまった。純が横たわっていたモノは——。

空を行く、巨大なオロチの背中だった。その背びれの上に純は乗っていたのだ。焦ってその背中を、両手でしっかりと握り締める。

オロチは黒い雲を突き抜けて天空に駆け昇る。かと思えば、サイクロンコースターのように回転しながら、地表すれすれにまで駆け降りる。

純は、ただ必死にしがみつくだけだった。

「オロチだあっ」

「純が乗ってるぞ！」

頼光たちの歓声が、微かに純の耳に届いた。

鬼たちや土蜘蛛の動きが止まって、戦場にいる全員の視線がオロチと、そしてその背中にしがみついている純に注がれた。

その隙に、金太は土蜘蛛の魔手から必死に逃れた。

しかしオロチは相変わらず空高く舞い上がったかと思えば、次の瞬間には草むらまで急降下して、敵味方の区別なく、その場にいる鬼や人を蹴散らした。

「こらあ！」弾き飛ばされそうになった頼光が、純に向かって大声で叫んだ。「俺たちは、味方だぞおっ」

「何をやってるんだっ」綱も、地面に転がって避《よ》けながら叫ぶ。「殺す気か」

「分かってるよう」

純も必死に叫び返す。

しかし、この何十メートルもある大きなオロチを、一体どうやってコントロールすればいいのか、純には想像もつかなかった。

「こら、落ち着け。勝手に暴れるなっ」

純は何度も命令する。しかしオロチは、久しぶりに天空に放たれたのが嬉《うれ》しくてたまらないのか、空中を激しく躍った。鬼たちも軍衆たちも、敵も味方もその場に固まったまま、ただ呆然と純たちを眺めている。しかし土蜘蛛だけが、
ばあーっ。

とオロチに向かって、白い煙を吐きかけてきた。

「危ないっ。避けるんだ!」

純は背中にしがみつきながら叫んだ。

オロチは、その言葉通りに、ギリギリのところでその煙をかいくぐった。

すると土蜘蛛は、今度はオロチを捕えようとして、長い脚をぐぐっと伸ばしてきた。それを避けながら、純は思わず呟いた。

「くそーっ。あいつさえ、いなくなればなあ」

その言葉に、オロチの大きな目がギロリと動いて、土蜘蛛を睨んだ。身をくねらせながら一度空高く舞い上がる。そして再び地上目指して急降下した。

急降下しながら、かあっ、と大きく口を開く。

すると天空を覆っていた黒い雨雲の中から、
ガラガラガラ……。

天地を震わせる大きな音と共に、白刃のような稲妻が一閃、目にもとまらない速さで落ちてきた。ドカン、と地面が揺れ、叫び声を上げる間もなく、土蜘蛛は黒焦げになった。

しゅう……しゅう……。

嫌な臭いが漂い、土蜘蛛は、どうっ、とその場に崩れ落ちる。そして、
しゅう……しゅう……。

と黒い煙を上げながら、縮んでしまった。

純はそれを空——オロチの背中から、呆然と眺めていた。

「今だっ。突っ込め！」

地上では頼光が鬼切丸をかざして、総攻撃の命令を下した。

「やっぱり凄いぜ、おまえ」

戦いが終わると、金太が感心したように純に向かって言った。

結局、土蜘蛛を倒されてしまった鬼たちは総崩れとなって、山を越えて鞍馬方面に逃げて行った。一方オロチはといえば、土蜘蛛に雷を落とした後、純を背中に乗せたままでゆうゆうと大空を一泳ぎすると、ゆっくりと草むらに着地した。

それを頼光たちが、歓声を上げて迎える。

軍衆も、純とオロチのもとに走り寄ってきた。するとオロチは、しゅるしゅると小さく縮んで、再び純の肩にチョコンと乗った。時折、口から小さな稲妻をパチパチと線香花火のように放電している。

「おかげで大勝だ」頼光も口を開けて笑う。「奴らをさんざん蹴散らせたよ。しかし、鞍馬方面に逃げて行ったところを見ると、奴らは再び天狗と連携して都を襲ってくるつもりに違いない」

そして全員を振り返って、大声で告げた。

「今日はもう少し進む。そして、一晩、野営をして、再び明日、貴船・鞍馬に向かって進撃する。いいかっ！」

その勢いの良い声に、軍衆も、

「おうっ」

と答える。そして、純とオロチと頼光たちは、軍を進めた。

翌日の戦いでも、オロチは大活躍した。

だんだん純と波長が合ってきたのだろう。心の中で念じるだけで、オロチは空を飛び、鬼たちの陣に雷を落とした。

そんなオロチを眺めながら、頼光は言う。

「貴船は、もともと龍神を祀っているんだ。きっとここらへんは、オロチにとって自分の住処《すみか》みたいなもんだろうな」

確かにそのせいもあるのだろう。オロチは生き生きと、そして自由に大空に舞い上がっては、自在に雷を呼んだ。そのために鬼たちは、天狗と連携を取る暇もなく、山の上へと追い上げられていった。軍衆は、勢いに乗って攻めまくる。頼光の鬼切丸が、綱の剣が、金太の鉞《まさかり》が唸り、大勢の鬼たちが殺された。

軍は貴船から鞍馬へと進んでいく。貴船の山道は、貴船川にそって、戦《いくさ》に敗れた鬼たちの呻《うめ》き声で埋まった。

純は耳を塞《ふさ》ぎ、目を背けながら、複雑な気持ちのまま軍衆の一番後ろから山道を歩いて行った。すると急に、ぷつり、と草鞋《わらじ》の紐《ひも》が切れた。

貴船神社の辺りだった。

純は進んでいく軍衆に声もかけずに、一人貴船神社の境内で草鞋を脱いだ。そして紐を結び直そうとした時、
カサリ……。

境内の奥で音がした。

純は、ハッとして腰の刀を握る。

鬼か？

空を見ればオロチは、ゆうゆうと雲の間を泳いでいた。何かあれば、すぐに呼べばいい。そう思いながら、純は境内を静かに進んだ。

石段を上がり、社《やしろ》の周りをゆっくりと歩いた。

手が汗ばむ。

傷ついた鬼が、息を潜めているのだろうか？

胸をドキドキさせながら歩いていた純は、うっかりと石を蹴ってしまった。その石が、社の礎《いしずえ》に、コンと当たった。

すると、社の向こう側で、カタン、と小さな音がした。

やっぱり、誰かがいる！

純は、ごくりと唾を飲み、腰の刀を抜いた。へっぴり腰のまま、それを構えて進み、社の角まで来ると、建物に背中をつけた。

この角を曲がった向こう側に誰かが隠れている！

純は大きく深呼吸すると、一気に飛び出して叫んだ。

「誰だ！」

突き出した刀の先にいたのは、腕の傷口を片手で押さえて身を隠していた――、純と同い歳くらいの、綺麗な目をした少女だった。

《残された光》

少女は純と目が合うと、地面にぺたりと座り込んだまま、社の礎まで身を引いた。そして、厳しい眼差《まなざし》で純を睨み、身構えた。

見れば、獣の皮を身にまとって、腰には蛮刀《ばんとう》を下げ、鹿皮の長い靴を履いていた。胸には短刀も吊るしている。

鬼の少女だ。

髪の毛はざんばらで、その前髪の下から鋭い視線を純にずっと投げかけている。きっと戦いで傷ついて逃げる暇もなく、たった一人でこの場所に隠れていたのだろう。

純は、抜いた刀を鞘《さや》にしまった。そして、ゆっくりと歩み寄る。

しかし少女は短刀を抜いて叫んだ。

「来るなっ」

「怪我《けが》をしているんじゃないか」

純がなおも近づこうとすると、少女は短刀を突き出した。しかし、腕に傷を負っているらしく、顔をしかめてポロリと落としてしまった。

純は素早くそれを拾うと、遠くに投げ捨てた。

「痛むのか?」

「うるさいっ。近寄るなと言っただろう!」

「おまえ……。大和言葉を話せるのか」

「なんだと」

鬼の少女は、座ったまま後ずさりして純に向かって怒鳴る。

「大和言葉はもともと我らのものだった。そして山も木も湖も、それに朱砂《すさ》も鉄《くろがね》も水銀《みずかね》も。それらを全部奪ったのは、おまえたちじゃないか!」

「えっ」

「いきなり我らのもとにやって来て、全てよこせと言った。そして、それに反対する者は無条件に殺していった!」

「ちょ、ちょっと待ってくれ」

純は驚いて、少女のそばにしゃがみこんだ。

そして、真剣な顔で尋ねる。

「い、今――きみは、なんて言った？」

「うるさいっ。殺すなら殺せ。おまえたちは、いつもそうしてきただろう」

「待ってくれないか」純は小声で叫ぶ。「きみの話を聞きたいんだ」

「おまえたちに話すことなんか何もない！」

少女は純に向かって、唾を吐きかけた。

純は黙って立ち上がる。そして貴船神社の井戸まで歩いて行くと、腰に下げていた皮袋の中に、冷たい水を汲んだ。そして再び少女のもとに戻ると、

「さあ」水を差し出した。「お飲み」

少女は、まだ純を睨みつけていたが、やがて引ったくるようにして皮袋の水を一気に飲んだ。純は、少女の腕に布を巻いてあげる。まだ血が止まっていないようだった。純と同じ、真っ赤な血が布を染めた。

「ねえ、きみ」純は優しく言う。「どこかで、きちんと手当てをしなくちゃいけない。ぼくらのところに来るかい？」

「馬鹿を言うな」少女は吠えた。「あたしは、捕虜になんかならない。そうやって騙《だま》されて、みんな殺されたんだ！　蝦夷《えみし》の大将、アテルイもそうだった」

「アテルイ？」

「そうだ。知らない振りをしても無駄だぞ。アテルイは田村麻呂《たむらまろ》に騙されて都まで連れて来られ、そして殺された。首だけ出して土に埋められて三日間晒《さら》され、その後、皆の見ている前で、のこぎりで首を切り落とされたんだ」

「えっ」

「あたしは、騙されない。それならば、ここで死ぬ」

「………」

純は戸惑う。

この鬼の少女の言っていることは、本当なんだろうか？

アテルイの話も教科書で——ほんの一行だったから、そんなに詳しくは知らなかったが——確かに読んだことがあった。それに、こんな状況でわざわざそんな嘘をつくとは思えない。命が助かりたければ、もっとうまい嘘をつくだろう。

純は混乱した。胸の鼓動が激しくなり、手が、じっとりと汗ばんでくる。

一方、少女は純から目を逸《そ》らして、じっと遠くを見つめている。

少女の前髪が、貴船山から吹き下りてくる風に、ふわりと揺れた——。

〝よしっ〟

純は決心した。

一か八か、それが本当かどうかを、自分の目で確かめてみよう。

どうやって？

もちろん――危険を承知で、鬼の住処に行ってだ。鬼たちに捕まってしまい、帰れなくなるかも知れないが、どうしても本当のことを知りたい。

純は少女に向かって、ニッコリと微笑んだ。

「じゃあ、ぼくと一緒に、きみの仲間のところに帰るかい？」

「なんだと」少女は鼻で嗤《わら》った。「こんなに軍衆《いくさびと》に包囲されていて、どうやって抜け出すというんだ」

「きみがぼくを信用してくれて、一緒に行ってもいいと言ってくれれば帰れるよ」

「どうするんだ」

「あれに乗って」

純は、空を見上げた。

ゆうゆうと雲の間を泳いでいるオロチを――。

少女は、純とオロチを交互に見つめる。そして、大きく目を見張った。

「もしかして……。あのオロチを使うのは、おまえか！」

「ああ、そうだよ」

「じゃあ、それじゃあ、おまえは——」

「だから」純は、呆気にとられた顔で自分を見つめる少女に、優しく手を差しのべた。「あいつに乗れば、どこにでも行ける。きみの家までもね」

少女はまだ半信半疑のままで、じっと純を見つめていた。しかしやがて、

「さあ」

と差し出す純の手を、ゆっくりと握った。そして、よろりと立ち上がる。どうやら、足も傷ついているらしかった。

「でも……。本当にか？」

「ああ」

純は答えて、すうっと片手を挙げてオロチを呼ぶ。

すると、今まで上空を旋回していたオロチが、ゆっくりと純たちを目指して下降してきた。そして、貴船神社の境内に、ふわり……、と着地した。

「わっ」

少女は驚いて、飛び下がる。

「大丈夫だよ」純は優しく笑う。「さあ、乗って。ぼくと一緒に行こう」

少女は恐る恐るオロチの首にまたがると、震えながら背びれにしがみついた。その

後ろに純も腰を下ろした。

それを見つけた貞光《さだみつ》が、慌てて駆け寄ってきた。

「おい、純！　何をしてるんだ。そいつは、鬼の娘じゃないか」

「知ってるよ」

「じゃあ」貞光は、スラリと剣を抜く。「そこから降ろせよ」

しかし二人に近づこうとすると、オロチがいきなり、
グワアッ！　と吠えた。

「ひいっ」

貞光は驚いて腰を抜かす。

その様子を横目で見ながら、純は少女を抱きかかえるようにして尋ねた。

「どこへ行けばいい？」

その問いに、少女は小声で答える。

「……竜宮《りゅうぐう》へ」

「竜宮？」

その言葉に、ピクリ、とオロチの小さな耳が動き、次の瞬間、太い髭《ひげ》をムチのようにしならせると、いきなり大空に舞い上がった。

少女は、必死にオロチにしがみつく。そして純は、

〝こいつは「竜宮」の場所を知っているんだ……〟

驚きながら、少女を背中から被《おお》うようにして、オロチの背びれをしっかりと握り締めた。オロチは、ぐんぐん空へと昇り、貴船の山があっという間に小さくなった。

「おいおい！」山道を歩いていた金太が、振り返って叫んだ。「あいつら、どこに行っちゃうんだよ」

一緒に歩いていた頼光も、そして綱も、後ろを振り返った。

そこには、遥か後ろから凄い速さで空を駆けて来たオロチの姿があった。そしてその背中には、純と、もう一人乗っている。

「一緒に乗ってるのは、鬼だぞ」

金太の声に、頼光は目を細めて確認する。

「本当だ」

「どうする、頼光？」

「………」

「奴ら、どこへ行くつもりなんだ」

頼光はそれには答えずに、傍らの綱に命令する。

「おい。すぐに源雲和尚に伝令だ。純が、鬼を連れてどこかに行ったと」

「分かった」

綱は軍衆のもとに走る。

〝まずいな……〟

頼光は、心の中で呟いた。


オロチは、まさに水を得た魚のように雲の間を縫って、一直線に「竜宮」目指して飛んでいく。

〝「竜宮」か……〟

純は少女を後ろから抱きかかえながら思った。

そこは一体、どんな所なんだろう。

鬼たちの住処には間違いない。もしもそうだとしたら、生きて帰れるだろうか。

でも、その時はその時だ。

純はひそかに覚悟を決めて、空を行くオロチに身をまかせた。

オロチは、あっという間に貴船山を越えた。

深い谷川を飛び越え、大きな湖の上を渡り、やがて一際《ひときわ》高くそびえ立つ山が目の前に迫ってくる。

「本当に帰って来た……」

少女が、信じられないというように顔を上げた。

ということは、この山の中に「竜宮」はあるというのだろうか。

オロチは、以前に何度もやって来たことがある道を進む如く、何の迷いもなく木々の間を縫って飛び、やがて大きな滝の下に辿《たど》り着いた。ここで行き止まりか、と思った次の瞬間、二人を乗せたまま滝に向かって突進して行った。

「わあっ」

叫ぶ間もなく、純は頭から滝に打たれた。

このまま水の中に潜られたら溺《おぼ》れてしまう！

そう思って純は息を止めたが——二人を乗せたオロチは一瞬で滝をくぐり抜けて、

あっという間に滝の裏側に入っていた。

そこは細長い洞窟《どうくつ》になっていた。

その湿った地面に、オロチはゆっくりと着地する。

「ありがとう」少女は初めて純を優しく見た。「疑って悪かった」

「い、いや……」

純は少女の手を取ってオロチから降りる。二人を降ろしたオロチは、しゅるしゅると小さく縮んで、純の肩の上にチョコンと乗っかった。

「こっちよ。来て」

少女に導かれて、純は洞窟の奥へと進んだ。

二人が少し行くと、奥の方から、

「わあ！　水葉《みずは》が帰ってきたぞお」

という声が上がった。この鬼の少女は、水葉という名前らしい。

やがて、純の腰くらいの背丈の鬼たちが、ぞろぞろと集まってきた。もっと奥に知らせに行くモノ。手に松明《たいまつ》を持って二人を迎えるモノ。純をじろじろと眺め回すモノ。そんな沢山《たくさん》の鬼たちに囲まれて、二人は奥へ奥へと進んだ。

やがて目の前に、大きな門が姿を現した。それは信じられないことに、都で見た羅《ら》城門《じょうもん》と、ほぼ同じくらいの大きさの門だった。最初は、人がやっとくぐれるくらいの大きさの洞窟の奥が、こんなに開けていようとは、全く想像もしていなかった。

水葉と純がその前に並んで立つと、門の二階から門番の鬼が顔を覗かせた。水葉が手を挙げると鬼の顔が引っ込み、やがて重そうな門が、

ギ、ギ、ギ、ギ……。

と、ゆっくり内側に開いた。門の向こうに、町が見えた。

純はその光景に目を見張る。

中には、京の都にもまさるような、きらびやかな町並みがあった。牛や馬や、大蛇や熊やキツネのようなモノまでもが行き交う広い道。何層にも重なって建つ、唐風《からふう》の建物。町の中心に見える広場には、大きな木々がそびえ立ち、その木々には見たこともない果物がたわわに実っていた。

純は呆気にとられたまま、水葉の後について門をくぐった。すると、

「水葉ーっ」

大声を上げながら、男女の一団が駆け寄ってきた。その一団の中から、一人の小鬼が抜け出てくる。身長が、一メートルくらいの子供の鬼だった。

「水葉っ」

小鬼は叫んで、三メートルほど弾丸のように宙を飛ぶと、水葉に抱きついた。

「邪鬼《じゃく》！　海邪鬼《あまのじゃく》っ」

水葉も小鬼を抱きしめる。海邪鬼はボロボロ泣いていた。

「だから行っちゃいけないって言っただろう！　ずっと心配してた」

「ごめんね、邪鬼……」

続いて走ってきたのは、白い髭が顔の半分を覆い、白髪を頭の後ろで結わえている老人だった。

「お祖父《じい》さまっ」

水葉も、よろよろと駆け寄る。二人は、しっかりと抱き合った。

「おうおう、よく戻って来たのう。他の奴らはどうした？」

老人の問いに、水葉は俯いたまま黙って首を横に振った。

「そうか……」老人は顔をしかめたが、しかしすぐに何度も頷いた。

「まあ、おまえだけでも無事で良かった。だが……怪我をしとるじゃないか。大変じゃ。宇賀女《うかめ》、来根《きつね》。早く水葉の手当てを。急ぐのじゃ」

その声に、真ん丸顔をした女とキツネ顔の鬼が現れて、水葉を抱えるようにしてどこかへ運んでいった。

老人は純を見る。

「こんな場所まで、すまなかったの。見たところ、人のようでもあるが、あんたが水葉をここまで運んでくれたのか」

「え、ええ……」

「わしは、海神《わだつみ》。ここ、竜宮の住人じゃ。あんたは？」

「ぼくは……天童純、です」

じろじろと自分を眺める海邪鬼を気にしながら名乗ると、

おおお……。と、周りの鬼たちが、大きくどよめいた。

「きみが」海神は、小さなその目をいっぱいに開いて純を見つめた。「天童純か。そういえば、その胸の痣《あざ》――」

「ぼくを知ってるんですか？」

胸を隠しながら尋ねる純に、

「知ってるどころではないわい」海神は、純の肩に乗っているオロチを指差す。「ということは、これが『大和《ヤマト》の雄龍霊《オロチ》』か」

「はい」

「『暗き空に虹《にじ》が架かる時、雄龍霊は再び天を駆け、邪《よこしま》なる魂は白き雷《いかずち》に打たれて滅び去る』――」

「え？」

「い、いや」海神は、片手で自分の髭を捻《ひね》った。「この雄龍霊には、昔からそういう言い伝えがあるのじゃ。まあ、とにかく、こちらへ来るがいい」

海神たちは純を、一軒の大きな邸《やしき》に案内した。そして中に入り、何百畳もあろうかという部屋に通されると、純の前に飲み物が用意され、海神は正座して頭を下げた。

「よく、水葉を連れ帰ってくれた。心から礼を言う。そして、この恩は必ず返す」

と言われたものの、まだ純は呆気にとられたままだった。

鬼の住処というからには、もっと暗く恐ろしい場所だとばかり思っていた。でも、京の都と変わらない――いや、それよりも立派で、大きくて明るい所だったとは。それに、鬼たちもちっとも恐ろしくない。へんに気取った貴族たちよりも、ずっと親しみ易そうだ。

「どうかしたかな？」

尋ねる海神に純は、

「い、いえ」どぎまぎと答える。「ちょっと、驚いてしまって――」

その言葉に、海神はニッコリと微笑んだ。

「まあ、取りあえず召し上がれ」

「はい」

純の横には、オロチ用に水銀《みずかね》の入った器が用意された。オロチは、美味《おい》しそうにピチャピチャとそれを飲んだ。

やがて、部屋の戸がカラリと開いて、別の鬼たちがドヤドヤと入ってきた。

「これはようこそ」高い天井に頭が届きそうなほど大きな男が言う。純の三、四倍の身長がありそうだ。「俺は山神《やまつみ》だ。きみが、噂の天童純か」

「は、はい……」

「このたびは、海神の孫娘を、軍衆の手から奪い返してくれたそうで、俺からも礼を言わせてもらう」

「ど、どうも……」

「あらあ！」その後ろから、真っ赤な着物を着た女性が顔を出した。「まだ、可愛い子供じゃないの。私は火神《かぐつち》。よろしくね。ところで、あんたが例の、オロチ使いなの？　本当に痣もあるみたいね」

「え、ええ……」

「でも、困っちゃったわねえ」

「どうしたんですか？」

「あんたのオロチ、この間、深泥池で土蜘蛛を殺しちゃったでしょう。あの土蜘蛛は、この土神《はにやま》がとっても可愛がってたんだからあ」

「えっ」

見れば、火神の隣で真っ黒な岩のような男が、無言のまま純をじっと睨んでいた。

「そっ、それはすみませんでした。あの――」

純が謝ろうとすると、

「そいつは仕方ないことだ」もう一人、緑色の着物を着ている、スリムな男が口を挟んできた。「この少年は、何も知らなかったんだからな。いや、まだ何も知らないと言ってもいいだろう」

「その通りじゃよ、木神《くくのち》」海神も頷く。「仕方のないことじゃ。土神も、あきらめい」

しかし土神は、何も言わずに黙ったままだった。そこで純は――直接に自分の責任ではなかったにしろ――肩をすぼめて、

「ごめんなさい」と謝った。

「まあ」火神が笑う。「戦いなんだから、気にすることなんてないのに。本気にしちゃったの？　純情な子ねえ。私、気に入った」

「馬鹿もの」山神が叱る。「みっともないことを言うんじゃない」

「いいじゃない」火神は純の手を握る。「だってこの子は――」

「こら！　またおまえは、余計なことを」

などと言い合っていると、純とオロチをひと目見ようと、ぞろぞろと大勢の鬼たちが挨拶《あいさつ》にやって来た。

海神の部下のワニ。白蛇《しろへび》。河童《かっぱ》。

山神より大きいために、入り口から顔だけ覗かせた、ダダ法師《ぼうし》と大人《うし》。

鳥とも話すことができるという、烏天狗《からすてんぐ》。

木神の仲間の、木霊《こたま》。来根《きつね》。熊奴《くまぬ》。

火神の娘たちの、野火《のび》。そして仲間の火吹男《ひふきおとこ》に、荒神《こうじん》。

見た目は不気味だったが、ニコニコして、みんな人懐こそうな鬼たちだった。でもそれにしても――。

たまらなくなって、純は尋ねる。

「あの……海神さん。どうしてみんな、ぼくのことを知ってるんですか？　ぼくは何も知らないのに」

「それはの」海神は、真顔になって純を正面から見つめた。「きみが、わしらの仲間だからじゃよ」

「えっ」

「きみは、立派な鬼の血を継いでいるのじゃ」

純は、自分の耳を疑った。

「ぼくが……あなたたちの？」

「そうだ」山神も純を見る。「きみは、俺たちと同じ鬼の一族だ」

「それなのに」火神が苦笑いする。「あんたは、ずっと向こうにいたでしょ。もう、どうなることかと心配しちゃったわよ」

「ちょ、ちょっと待って下さい！」純は驚いて叫ぶ。「ぼくが鬼？　だってぼくは、その鬼を退治するために、この世界まで連れてこられたって――」

「わしたちを退治する？」

「い、いえ、その……」

がははは、と海神は大きな口を開けて笑った。

火神や木神も、その後ろで笑う。海神は言った。

「奴ら、貴族たちの考えそうなことじゃ」

「どういう意味ですか」

「いいかね、ぼうや」海神は、純をぼうやと呼んだ。「その胸の痣は、どうしてそこにあると思う」

「どうしてって言われても。生まれた時からここにあったって、母さんが――」

「その通り」と海神は大きく頷いた。「それは『勾玉《まがたま》の一族』――つまり、正統な鬼の血を引いている子孫の証拠なのじゃ」

「勾玉の一族……」

そういえば、神泉苑で源雲が言っていた。

〝胸に勾玉を持つ者の子孫たち、再び雄龍霊《オロチ》を黄泉帰《よみがえ》らせるであろう〟

「勾玉というのは『禍々《まがまが》しき魂』のことだ……」土神が静かに口を開く。「そしてその魂を、赤色の石に封じ込めた。それを祀っているのが、出雲《いずも》の一族。つまり、素戔《すさの》嗚尊《おのみこと》の子孫たちだ……」

「え？」

「彼らの胸には」山神が言う。「必ず勾玉の痣がある。つまりきみは、素戔嗚尊の立派な子孫だということだ。だからこそ、その雄龍霊の封印を解くことができた。そして、自由に操ることもできたんだ」

「しかも」木神が純を見つめた。「その素戔嗚尊の血を引く者は、今この世界にはいないのだ」

「どういうこと？」純は首を傾《かし》げた。「この世界にいないって——。じゃあ、もしもぼくがその子孫だとしたら、一体どうやって生まれてきたっていうんですか？」

しかし、そんな純の質問を無視して、

「それなのに」火神が口を挟んだ。「源雲なんかに騙されちゃって」

「源雲さんに、騙されて——？」

「そうよ。あの坊主はね、ただ、あんたを利用しようとしているだけなんだから。雄龍霊を復活させて、自分の手先にしようとしてさ」

「まさか」

「本当よ。だからあの時、危険を冒して神泉苑まで来根や小鬼たちが、あんたを助けに行ったんじゃないの。逆に、頼光に斬られちゃったけどね」

「ぼくを助けに？　オロチを奪いにじゃなく」

「そんな馬鹿なことなんてするもんか。雄龍霊を奪ったって、あ、あ、あんたがいな、い、い、なくちゃ、話になりゃしない」

「そこで」木神が言う。「私も、きみの心に呼びかけたんだが、さすがに結界が強く、うまく届かなかったようだ」

「あの時の声は……」

純の声に、木神が首を縦に振った。

「私の声だ」

「で、でも——」純は訴える。「源雲さんは、早く鬼退治に出かけろという基良《もとよし》さんたちから、ぼくを庇《かば》ってくれた」

「何を言ってるんだろうね、この子は」呆《あき》れたように火神が純を見た。

「その時は、まだあんたの魂が、源雲の自由になってなかったからじゃないか。本当は源雲にしてみりゃ、完全にあんたを自分の思う通りにさせてから、雄龍霊を使わせたかったんだよ」

「自分の思う通りに——?」

「とりあえず雄龍霊を復活させた源雲は」土神が再び静かに言う。「きみが自分で自由に使えるようになる前に、まずきみの心を、自由に操ろうとした。そこで、不仁王寺に泊まっているのをいいことに、『霊依《たまより》の水』を、きみに飲ませようとした」

「たまよりの……水？」

「相手の心を奪い、自分の自由にしてしまう水だ。月明かりの下、一人で飲ませることによって、その人間の霊は、水を与えた人間のものになる。あの時、小鬼が助けに行かなければ、きみの霊は源雲のものになっていた」

「えっ！　じゃあ、あの晩の小鬼は——」

「危ないところじゃったよ」海神は真剣な顔で頷いた。「その代わり小鬼は、奴に捕まってしまったがの。いつか必ず助け出してやらにゃ」

「でも何故、そんなことまでして、ぼくやオロチを——」

「わしらが、邪魔なんじゃよ」

「どうしてですか」

「奴ら貴族たちはな、仏——つまり大仏信仰を利用して、この国を支配しようとしとるんじゃ」

「えっ」

「仏の教えを広めるなどというのは、ただ表向きの理由にすぎないのじゃ。本心は、全ての民人《たみびと》を自分たちに従わせたいだけなのじゃ」

「だから」火神が言う。「奴らは私たちを、皆殺しにしようとしてるんじゃないのさ。もともとこの国に住んでいた神と、そしてそれを敬っていた民人たち全部をね。だから鬼――自分たちに戦いを挑んでくる神が、邪魔なんだよ。源雲の寺の名前を見れば、分かるでしょう」

「何が、ですか？」

「のんきな子だねえ」火神は笑った。「あの寺の名前は『不仁王寺――ふにおうじ』。つまり、『おにふうじ――鬼封じ』の言葉の並べ替えさ。源雲の願いがこめられてる」

「あ……」

俯いたまま、黙ってしまった純に向かって、海神が優しく声をかけた。

「なあ、ぼうや。大江山《おおえやま》に行かないか。そこで、会わせたい人がいる」

「人――ですか？　鬼じゃないんですか？」

その言葉に、皆は笑った。

「そうだな、今は立派な鬼、わしらが一番信頼しておる鬼じゃ」海神は純の肩を抱く。「その方に、自分の生まれを直接に聞くがいい。きちんと話してくれるじゃろう」

「生まれ……」

「そしてぼうやは、そこで剣を取らなくてはならない」

「剣を？」

「草薙剣《くさなぎのつるぎ》だ。名前は聞いたことがあるだろう」

「あ、ああ。聞いたことはあります。確か、三種の神器《じんぎ》の一つで――」

「八咫鏡《やたのかがみ》。八尺瓊勾玉《やさかにのまがたま》。そして、天叢雲剣《あめのむらくものつるぎ》――草薙剣だ。その剣が、ぼうやが来るのを待ってる」

「……どういうことですか？」

「行けば分かるさ」山神が言う。「ここ数日、剣が鳴動しているらしい。だから俺たちも、そろそろきみが現れる頃だと思ってた」

「えっ」

「わしが船を出そう」海神が立ち上がった。「早い方が良い。すぐに仕度をして出発だ。海邪鬼！」

はい、と小鬼が返事をした。

「船の用意を。恵比寿丸《えびすまる》じゃ！」

その時、部屋の入り口から、

「お祖父さま」

水葉が姿を現した。腕と足に、白い包帯を巻いていた。

「おお。どうした。手当てはすんだのか。まだ痛むか？」

「お祖父さま、あたしも一緒に行きます」

「な、何をいきなり」

「あたしなら、もう大丈夫。こんなのは、怪我のうちに入らない。連れて行って」

「しかし……」

「いいじゃないの」火神が笑う。「この子も海神と一緒で、一度言い出したら聞きゃあしないんだから。一緒に連れて行きな」

「じゃと言って……」

「あたしも行って、直接にどんな戦況だったかをお伝えしたいの。きっと役に立つと思います。船に乗せてもらえないのだったら、歩いてでも行きます」

そんな水葉を見て、ほらほら、と火神は海神をつついた。

「頑固さは、あんたと一緒だよ」

「分かった、分かった」海神は、手を振って渋々頷いた。「よし、じゃあ、すぐに仕度をするんだ。あと半刻《はんとき》もたたぬうちに出るぞ」

「はいっ」

嬉しそうに戻る水葉と、腕組みをしたままの海神を見て、山神たちは笑った。

「さすがの海神も、水葉には勝てないのう」

えへん、と一つ咳払いすると、海神は純の方を向いた。

「さあてぼうや、少しばかり山を越えなければならないが、いいかな」

「山を越える、って船でですか？」

「それ以外に、何に乗るんじゃ」

「だって……」

唖然《あぜん》とする純を見て、木神は笑った。

「だから言っただろう。この子は、まだ何も知らないんだよ」

「いずれ分かるわよ」火神も笑う。「そして、私たちと一緒に戦ってくれるはず」

「戦う……」純は海神を、そして全員を見回した。「どうしても、戦わなくちゃいけないんですか？　人と、あなたたち鬼が戦わないですむ方法はないんですか？」

「そんなことは、奴らに言ってくれないか」山神が鼻で嗤った。「俺たちは何も、好き好んで戦っているわけじゃない。できれば、静かに暮らしていたいんだ」

「でも、もう今は戦わなくちゃ生きて行かれないのよ、ぼうや」火神は眉をひそめた。「奴らは、私たちの全部が欲しいんだ。根こそぎ全部ね」

「でも」純は叫んだ。「それにしたって、争うことは良くないことでしょう！」

「何故じゃ？」

「何故って――。だって、人や、あなたたちも死ぬ。命が失われる！」

その言葉に海神は笑った。

「自分の命よりも大切なものが、この世にはいくらだってあるさ」

「えっ」

「わしたちは、歴史の一部だ。そんなことを言っていたら、歴史が流れなくなっちまうじゃないか」

「でも！　自分がいなくなってしまったら、困る」

「どうして？」今度は木神が笑った。「自分がいなくなっても、仲間が残る。愛する人は生きている。それでいいじゃないか。何か不満なのか」

「…………」

口を閉ざした純を横目で見て、

「どうしてこの子は、そうやって分かり切った質問なんかするんだろうねえ」

火神が、呆れたように溜め息をついた。

「仕方ないさ」その横で土神が、肩を竦めて口を開いた。「質問ってのは、いつもそんなものだ。本当の問題ってのは、あること自体が気づかれていないからな」

＊

「出航じゃ！」

海神の掛け声とともに、恵比寿丸は竜宮を後にした。

白い大きな帆に風を受けて、遣唐船《けんとうせん》のような古式ゆかしい船は、大空高く舞い上がる。操舵《そうだ》するのは、海邪鬼たちだ。

船べりから地上を覗けば、純たちを見送る山神や火神たちの姿が、ぐんぐん小さくなって、やがて緑の森の奥へと消えていった。うねるように続く青い山並みを、遥か下に眺めながら、恵比寿丸は快調に航行を続けた。船が安定すると、純は海神や水葉たちとともに船長室に入った。そして板の間に敷かれた絨毯《じゅうたん》の上に、腰を下ろす。落ち着かない純に、海神は尋ねる。

「どうかしたかな、ぼうや？」

「だって……船が飛ぶなんて」

「ははは。天も海も『あま』。同じことじゃ」

「そんな――」

「この船は、もともとは海賊船だったんじゃよ」お茶をいれる水葉の横で、海神は言う。「貴族たちの船を襲うためのな」

「え？」

「だから速いぞ。大江山までなど、あっという間じゃ」

確かに海神の言う通りに、船は雲を追い越してぐんぐんとスピードを上げていた。凄い速さだ。

「ぼうや」海神は純にお茶を勧めながら尋ねる。「まだわしらに、何か訊きたいことがありそうじゃの」

心の中を見透かしたようなその言葉に、純は一瞬躊躇《ためら》った。しかし思い切って口を開いた。

「ええ……。本当に、人の方が先にあなたたちを襲ったのかなって。いえ、これはあなたたちの言葉を信用していないわけじゃなくて、ぼくが今まで読んだり聞いたりしたことと、全く逆の話だったから」

「本当じゃよ」

と言って、海神は自分のカップからお茶を一口飲み、大きくあぐらをかいた。

「人たちの間の話として、こんなのがあるらしい。桃太郎《ももたろう》とか、一寸法師《いっすんぼうし》の話じゃが、知っとるか？」

「は、はい」純は頷いた。「知ってます。桃太郎は、桃から生まれた男の子で、やがて大きくなってから犬・雉《きじ》・猿を家来にして、鬼ヶ島に渡って鬼を退治する話――」

「一寸法師は？」

「ええ。小さい子が、お姫様を守って、やっぱり鬼を退治して、打ち出の小槌《こづち》を手に入れる話でしょう」

「じゃあ、訊くがの。どうして鬼たちは、彼らに退治されなきゃならんかったんじゃ？」

「えっ」

「何か悪さをしたのか？　桃太郎や、おじいさんやおばあさんや、一寸法師に対して、何か酷いことでもしたか？」

「それは……」

「なあんにも、しとらんじゃろう。それを一方的に、桃太郎たちが鬼ヶ島に攻め込んで、鬼たちの宝物を奪い取ったんじゃ。一寸法師もじゃ。もしも、まだ他にも話が伝わっておれば、よく読んでみるがいい。鬼はいつでも被害者じゃ。そして、残酷なのはいつも『人』じゃ」

「でも……」

言葉に詰まる純に向かって、

「わしらはの」海神は続ける。「この国ができた時からここ、大和の国に住んでいた神々の子孫じゃ。そこに奴ら――『人』が海を渡って入ってきた。そして次々にわしらの仲間を襲い、食べ物や、土地や、武器を奪っていった」

「桃太郎たちのように？」

「そうじゃ。だから、わしらは自分たちの家族や仲間を守るために、人と戦わざるをえなくなった。黙っていれば、殺されてしまうんじゃからの。誰もが皆、必死に戦った。そのために、『人』たちは、わしらのことを『鬼』と呼ぶようになったのじゃ」

「でも海神さんたちは、みんな『神』じゃないですか。どうしてあなたたち『神』が、鬼たちと一緒になって戦っているんですか？」

その質問に海神は、「あのな、ぼうや――」と純を見る。

そして、ゆっくりと口を開いた。

「鬼も神も、同じものなんじゃよ」

「えっ！」

「いいかぼうや。今言ったように、この国には最初『神』と『民人《たみびと》』しかおらんかった。そこに『貴族——人』たちがやって来た。そして突然、こう言った。『ここは明日から我々の土地だ。全員、出て行け』とな」

「…………」

「そして、その言葉に逆らう者を手当たり次第に殺し始めたのじゃ。それは悲惨な光景だった。なにしろそれまでは、わしら——神も民人も、この倭《わ》の国で仲良く平和に暮らしていたんじゃからな。しかし『人』たちは、わしらのもの、全てを奪うと宣言した。その乱暴な行為に怒って、奴らと戦おうと心に決めた神や民人たちが、『鬼』なのじゃ。最初っから『鬼』だった者など、この国のどこにもおりゃせんよ。誰が好きこのんで人殺しをするかね」

「人のせいで……」

「そうじゃ」海神は頷く。「だから、神も鬼も、もともとは全く変わらない。わしらも『鬼』じゃ。戦う神や民人は、みんな鬼なんじゃ」

「じゃあ、ぼくたちの先祖は、みんな鬼じゃないですか。だって、基良さんみたいな貴族なんて、この国に、ほんの数人しかいないもの」

「その通りじゃ」

「そうしたら——節分で豆をぶつけているモノは何だったんですか？　自分たちの先

祖じゃないか」

「そういうことじゃ」

「そういうこと——って！」純は思わず身を乗り出して叫んでしまった。「どうしてこんな風になってしまったんですか。おかしいよ」

「どうしてかのう」海神はゆっくりと、しかし厳しい眼差で純を見た。「ぼうやも自分の頭で、しっかりと考えることじゃ」

純は、窓の外を流れて行く雲をじっと見つめた。

今、この国では、一体何が起こっているのだろう。

そして、未来の国は、どこでどう変わってしまったのか——。

「でも、そんな話、初めて聞いた」純は頭を振った。「ねえ、海神さん。どうして、実際の話と、本や教科書で読むことと、こんなに違っているんですか？」

「当然のことじゃ」海神は苦笑いしながら、純のカップにお茶をそそいだ。

「なぜならば、戦《いくさ》に勝った者だけが言葉を残せるわけじゃからのう。きっと、ぼうやのいた世界では、奴らが戦いに勝ち、そしてわしらの記録を全部消してしまったんじゃろう」

「…………」

「誰でも、自分たちの行ってきた悪いことや恥ずかしいことなど、後世に残そうとしないからな。だから歴史書だけからでは、決して真実は見えんのじゃ。そこに載っていないこと――文字にならなかった歴史こそが真実じゃ。そして、それが重要じゃ。そこをきちんと見きわめなくてはならない」

「分かりました」純は素直に頷いた。「この戦いが終わって、ぼくも元の時代に帰ったら、もう一度、本を読み直してみます」

その言葉に海神と水葉は、ハッと顔を見合わせた。そして沈黙する。

「どうしたんですか」純は二人に尋ねる。「何か？」

「あなた……」水葉は恐る恐る口を開いた。「本当に、何も知らないのね」

「何が」

「時を超える――っていうことが、一体どういうことかを」

「え？」

キョトンとする純を、水葉は悲しそうに見つめ、海神は白い髭を揺らして唸《うな》った。

そして、

「なあ、ぼうや」ゆっくりと口を開く。「時間っていうのは、過去から未来へ続く一本の道じゃないんだ。そうだな……こう考えてみてくれないか。沢山の縦糸と、もっと沢山の横糸で編まれた織物だと」

海神は、船長室の壁にかかっている、目の粗い織物を指差した。

「ぼうやがいた地点から、ずうっとここを辿って過去に来る」海神は織物を指でなぞる。「そして、ここでわしらと関わってしまった」

海神の指は、大きく右に動いた。

「すると、もう一度同じ場所に戻るためには――」指は、あみだくじを辿るように、複雑に動く。「こんなに何回も、途中で折れ曲がらなくちゃならないんじゃよ。しかも、その場所は、はっきりとは分からないままな」

「どういうことですか」

「つまり――」

純から視線を逸らせた海神に代わって、水葉が静かに言った。

「つまり、元の世界に戻れる可能性は殆《ほとん》どない……かも知れないっていうことよ」

「ええっ」純は背中にいきなり冷たい水をかけられたように床を蹴って立ち上がった。「そんな馬鹿な！　だって、だって――」

「しかも、ほんの少しでも過去に足を踏み入れたら、もうその時点で未来は大きく変わっている……」

「じゃあ、ぼくはどうなっちゃうんですか。もう、二度と、元の世界には帰れないんですか？　ねえ！」

「落ち着け、ぼうや」海神が純をなだめる。「確かにとても低い可能性ではあるが、全くないというわけじゃない」

「嘘だ……」

涙声で頭を抱える純に、水葉は優しく声をかける。

「分かったでしょう。自分たちの都合のためならば、奴ら——人たちは、こんな残酷なことも平気ですするのよ。前にも、この時代に連れてこられた人間がいた。でも、もう死んじゃったらしいけれどね」

「………」

「いや、ぼうや」海神が、唇を嚙み締めたまま立ち竦む純を見上げて言った。「心配するな。これから行く大江山のその人も、鬼の中でたった一人だけ、時間を行き来できる。その人に訊けば、何か方法があるかも知れん。それに、昔、わしが聞いた話じゃが、元の時代に戻れる方法がないわけではないということじゃった」

「それはっ」

「わしらには分からん。その人に訊いてみるがいい。それよりも——。ぼうやのいた世界では、わしらは敗れたことになっておるらしい。しかし、逆に言えばぼうやがここに来たことで、歴史が変わるかも知れんな」

「でもそうすると、ますますぼくは、元の世界に戻れなくなる」

「そんなこともないだろうし、実際にやってみなくちゃ分からんよ。なんにせよ、希望だけは持つことじゃ」

「…………」

純が再び床に、ペタリと座り込むと、
大きく銅鑼《どら》が鳴った。

「さあて」海神は立ち上がる。「そろそろ大江山じゃ」

そういえば。大江山というのは、鬼の住処だと習った。

また、源頼光が四天王を連れて攻撃して、鬼たちをすっかり退治したという話も読んだことがある。しかも、騙し討ちで。だから今までは、大江山と聞くと、暗いイメージしかなかった。でもこうして実際に向かっていると、何か懐かしい、心を揺さぶられるような気がした。

海神が純を振り返った。

「わしらの故郷《ふるさと》の『籠陸《こもりく》』じゃ」

「こもりく？」

ああ、と海神は笑う。

「そこには、今言った、時間を超えられる神——篁《たかむら》どのがいる」

「たかむら——」

「小野《おの》篁どのじゃ。篁どのは、昔は朝廷の貴族じゃったが、あまりの人の理不尽さに怒って、今は閻魔《えんま》と共にわしらの味方になっておられる」

「閻魔って——。閻魔大王のことですか？」

「知っとるのか」

「知ってるも何も、地獄の王でしょう」

「そうじゃ」海神は笑いながら頷いた。「しかし、人を見限ってわしらの仲間になってくれておる。だから人たちは、あれほどに地獄を——閻魔を怖れているのじゃ。さて、もうすぐ到着じゃぞ」

その声に合わせるかのように、恵比寿丸はゆっくりと速度を落とし始めた。マストの帆もゆるゆると下がり、高度も徐々に落ちてくる。

そして船は、大江山の中腹目指して、着陸を開始した。

《禍々しい影》

船が着地すると、すぐに朱鬼や青鬼たちが周りに集まってきた。

大きな錨《いかり》を杉の大木に結びつけると、純たちはタラップを下りる。

とても濃い緑の香りがした。

懐かしいような、遠い記憶の中で嗅《か》いだことがあるような……そんな香りだった。

船の整備をする白蛇《しろへび》たちをその場に残して、海神《わだつみ》を先頭に純たちは杉林の中を歩く。しばらく行くと、目の前に朱色の大きな門が現れた。重そうな扉には何か書かれていたが、純には読めなかった。海神がその前に立つと、まるでそれを待っていたかのように、扉がゆっくりと開いた。

すると純は、またしても目を見張ってしまった。

そこには、さっきの竜宮よりも、更に立派で規模の大きな町が開けていたからだ。

純は驚いて尋ねる。

「海神さん。この町」純はキョロキョロと見回す。「本当に、ここにあるんですか？」

「変なことを訊く奴じゃな」海神は笑った。「ここにあるのじゃから、あるだろうよ」

「だって、さっきの竜宮といい、この籠陸といい……。とっても信じられない。夢を見てるみたいで」

「まあ……夢も現実も大差ないからのう」

「そんな——」その言葉に、純は自分の頰《ほお》をつねる。「痛っ！　でも、夢じゃないみたいです」

そんな純を見て水葉が、ふふふ、と笑った。

「あると思えばあるのよ。みんなそうじゃない」

「そんなこと言ったって——」

「じゃあ、あなたは自分の体を、どうやって認識してるの？」

「どうやってって言われても……。こうやって触れば分かるし、目に見える」

「それじゃ、自分の考えは？　精神は？　生命は？」

「それは——」

「ね」水葉は、花のように明るく笑った。

「結局は、あると思えば存在する。それだけのことよ」

難しい顔をして考え込んでしまった純を振り返って、

「こいつ、馬鹿だ」海邪鬼《あまのじやく》が笑った。「何にも知らないよ」

「なんだって！」

思わず怒る純に海邪鬼は、あっかんべーをする。

「本当のことを言っただけだ。何か悪いか」

「こいつ」

捕まえようとする純の手をスルリと抜けて、海邪鬼は水葉の陰に隠れた。

純が飛びかかろうとすると、海邪鬼は体を捻《ひね》って逃げ出した。そして、ポーンと飛び上がって水葉の後ろに隠れた。しかし水葉は、海邪鬼の襟首《えりくび》をつまみ上げて怒る。

「こら、邪鬼！　そんなことばっかり言ってると、ここに置いていくよ」

「ゴメンよう、水葉」海邪鬼は空中で足をばたばたさせて言い訳した。「こいつが余りに馬鹿だから、ちょっと、からかってみただけだよう」

「邪鬼、静かにせんかっ」海神が叱った。「さあ、もう着いたぞ」

海神たちの一行は、立派な邸の前で止まった。大きな門があり、その門の両脇には、上半身裸で山のような筋肉を持った大男が二人立っていた。彼らは、じろりと純たちを睨む。

「雷神《らいじん》さん、風神《ふうじん》さん。こんにちは」

水葉が大男に笑いかけた。すると、

「これはようこそ、海神の皆さん」野太く低い声で、雷神が答えた。「篁《たかむら》どのが、先程からお待ちです」

「さあ」風神も言う。「中へ、どうぞ」

その言葉で、門がゆっくりと開いた。純たちは門をくぐる。すると正面に、これもまた大きな邸が見えた。いや、安土《あづち》城の天守閣《てんしゅかく》のような建物だった。海神は言う。

「ここが、閻魔《えんま》殿《でん》じゃ」

純たちがその中に入ると、入り口には朱鬼が待っていた。その朱鬼に案内されて、純たちは大きなエレベータのような乗り物に乗った。宇賀女《うかめ》たちは一階の部屋に通されていたから、上の階を目指しているのは、海神と水葉と海邪鬼、そして純と、その肩に乗っているオロチだけだった。

エレベータは、物凄いスピードで上昇した。

何回唾を飲み込んでも、耳がキンキンする。

エレベータは、やがて六階に——といっても、もう雲の上くらいの高さだろう——到着した。

そこから長い廊下を歩いて、優に百畳はあろうかという広間に案内される。

朱鬼が去ってしまうと、広い部屋には四人だけになった。

しん、と静まり返っている。

落ち着かない純が辺りを見回していると、肩のオロチがピクリと動いた。同時に、
スッ。

と部屋の奥の格子が開いた。そして何も言わずに部屋に入ってきたのは、大きな牛の頭をした男と、馬の頭をした男の二人だった。

純が驚いて眺めていると、彼らに続いて、一人の男がゆっくりと姿を現した。

「小野篁《おののの》どのじゃ」

海神が、小声で純に囁いた。

その男は、真っ黒な束帯《そくたい》姿だった。

黒い冠《かんむり》に黒い袍《ほう》。黒い袴《はかま》に黒い平緒《ひらお》。そして、手にはこれもまた闇のように黒い笏《しやく》を持っていた。そして、風の如く部屋に入ってくると、純たちの遥か前方に静かに腰を下ろした。牛と馬の男たちも、篁を挟むようにその両脇に腰を下ろす。

海神と水葉は、篁に向かって深くお辞儀をした。

純は篁をじっと見つめる。

その雪のように白い顔。吊《つ》り上がった厳しい眼差。きりりと描かれた眉《まゆ》。本や教科書などではなくて、以前にどこかで会ったことがあるような……。

「おまえが――」

篁は、ゆっくりと口を開いた。ここは雲の上だというのに、まるで地の底から響いてくるような低く太い声だった。

「天童純か」

「は、はい」篁を正面から見つめて、純は答える。「あなたが……小野篁さんですか。時間を行き来できるという……」

何故か、体が震えた。

怖いわけではない。なのに、体が震えた。

「あ、あの――」

言いかけた純の言葉を遮《さえぎ》って、篁は静かに口を開いた。

「剣を取れ」

「え？」

「草薙《くさなぎの》剣《つるぎ》を取れ」

竜宮で、海神に言われたことと同じだ――。

戸惑う純に篁は、今度は雷のような声で命令した。

「何を躊躇《ためら》っている、天童純！　それが、おまえに課せられた運命だ」

その声に、純の胸の痣が熱く燃えた。

「おまえがこの世界に現れることは、ずっと前から知っていた」篁は鋭い視線を、純に向かって投げつけた。「そして『大和《ヤマト》の雄龍霊《オロチ》』を復活させるだろうということも。しかしその雄龍霊は、殿上人——貴族たちのために使ってはならぬ。奴らの手先とさせてはならぬ」

「…………」

「まだその雄龍霊は、完全に目覚めてはおらぬ。そやつが目覚めた時には、おそらくおまえの想像を絶する力を発揮するだろう。そして、それを律《りつ》することができるのは、この世界でおまえしかいないのだ。しかし——」

篁は、細い目で冷ややかに純を見た。

「今のおまえでは、とても無理だろう。だから、そのためにも草薙剣を手に取るのだ。剣もそれを欲して鳴動している。そして、剣をもって人を打ち払え。邪悪な魂を薙ぎ払え」

「人を、打ち払う？」純は眉をひそめて、小声で尋ね返す。「じゃあ……やっぱりぼくは、人と戦うということですか」

「そうだ。それがおまえの運命だ」

人と——戦う。

頼光や、金太や、綱たちと。

いきなりこの世界に連れてこられて、鬼と戦えだの、オロチを使えだの、あげくの果ては、おまえは鬼の仲間だ、人と戦え……。

純は、頭の中が混乱して何が何だか分からなくなってしまった。

でも、やっぱり——。

「どうした」

尋ねる篁に、純はポツリと呟いた。

「嫌です……」

「なに」

「嫌です！」今度は叫んだ。「戦うのは、断ります。争いは嫌いだ。だから、草薙剣も握りたくありません」

「こ、こらっ」海邪鬼《あまのじやく》が純をつついて、小声で叱った。「おまえは、馬鹿なんだから、黙ってろってば」

しかし純はそれを無視して、じっと正面から篁を見つめる。足も手も、ガタガタと震えた。

でも、しっかりと篁を見据えた。すると、

「馬鹿を言うな」篁は皮肉な顔で、頬を少し緩ませた。

「今まで何を見てきた？　我々が望もうと望むまいと、戦いはもう、避けられないところまで来ている。この運命から逃げると言うのか」

「でも、嫌です。剣は手に取りたくありません」

「おまえ――」

「お待ち下さい！」海神《わだつみ》が二人の間に割って入った。

「まだこのぼうやは、今この国で何が起こっているか、分かっていないのです。もう少し、お時間を下さい――」

「そんなことを言っていると」篁は、じろりと海神を睨む。「命取りに、、、なるぞ」

「わしからも、良く話しておきます。だからもう少し、このぼうやの好きにさせておいてあげて下さい」

「………」

「お願いします」

　篁は両手をついて平伏する海神を、そして純をじっと見つめた。やがて、

「……分かった」静かに頷いた。「おまえがそれで良いと言うのならば」

　ありがとうございます、と頭を下げる海神の隣で、

「この戦いを――」純は訴える。「止めさせる方法を、考えたいんです」

「止めさせるだと？」篁は笑った。「また随分と、馬鹿げたことを言い出したものだな。我らが、いくら戦いを止めようとしたところで、奴ら『人』たちが止めるわけもない。平気で罪もない鬼たちを殺し続けるだろう」

「でも！　あなたたちだって、何の罪もない人を殺したじゃないですか！」

「なんと……」

「この間、多治比麻呂《たじひのまろ》を宴の松原で殺した」

「ふっ……」篁は鼻で嗤《わら》う。「おまえは、あれを、我らの仕業だと思っていたのか」

「そうです。麻呂さんは、鬼に殺されたと書き残していました」

「牛頭《ごず》。馬頭《めず》」篁は、自分の両脇に座っている男たちに言う。「あの事件の真相を話してやるがいい」

　はっ、と馬頭は軽く一礼すると、純の方を向いた。

「多治比氏は、もともと藤原氏とは険悪な仲だった」太く低い声が部屋に響く。「し

かし麻呂は、基良の妹——つまり、太政大臣・藤原房盛の娘の顕子《あきらこ》に、しつこく迫っていたのだ。歌を贈り、恋文を贈り——」

「当然それだけでも、房盛と基良は快く思っていなかった——」

今度は、牛頭が口を開いた。もっと低い声だった。

「特に房盛は、顕子を帝の後宮《こうきゅう》に入れるべく必死に画策しているところだった。帝と結びついて、自分の権力を一層強くするためにな。だから、麻呂が邪魔だった——」

「仲間といえども邪魔者となれば、奴らの考えることは一つ——」

「麻呂を偽の手紙で宴の松原に誘き出し、そこで殺したのだ」

「麻呂を殺させたのは、房盛と基良だ」

どうして！　純は叫ぶ。

「あなたたちに、そんなことが分かるんですか」

「我々の配下は」馬頭が答える。「どこにでも入り込んでいる。武徳殿の屋根の上にも、清涼殿の床の下にも」

「一部始終を見た小鬼が、我々に報告してきた」

「でも——」純は尋ねる。「ぼくが見たあの文字は？『をに』って書いてあった！」

「お前は、文字を読めない」

「え？」

「かな文字を、読めなかったのだ」

その意味が分からずに首を傾げる純を見て、牛頭はスッ、と指を立てた。

そしてそれを動かすと、指のあとが空中に青白く残った。

「こう書いてあったのだろう。『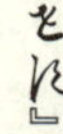』と」

「そうです！」

「ではお前は、これを何と読む？」

牛頭は空中に、

『』と書いた。

「……『う』？　それとも……『の』？」

「これは『か』だ。『可』の文字を崩した、かな文字だ」

ああ。純は思い当たった。花札の「あよろし」だ。

あれは「あのよろし」ではなくて、本当は「あかよろし（赤よろし）」と読む、と聞いたことがあった。

牛頭は続ける。

「たとえば、それと同じように『え』は『衣《え》』の文字を崩して『』と書く。また

『し』は『之』から『』となり、『な』は『奈』の文字から『ふ』となるのだ――」

純は納得した。

街で見た「うふき」の看板だ。

「……ということは？」

「実際に、あの場所に書かれていたのは『そに』。『そ』は『世《せ》』。そして『に』は『須《す》』だ」

「世……須。世須《せす》！」

「そうだ」馬頭が大きな頭を縦に振った。「顕子のおつきの女、世須だ。麻呂は、世須に呼び出された――騙された、と書き残そうとしたのだろう」

「そんな……」

「その証拠に、世須はお前と一緒に宴の松原に行った時、その残された文字を見て気を失った振りをしたではないか」

「えっ」

「あの女は、まさか自分の名前が書き残されているなどとは思ってもいなかったのだろう。そこで気を失った振りをして倒れて、書かれてあった字を消したのだ」

「そしてその隙に」牛頭が言う。「一緒にいた蘇芳《すおう》が、世須を抱きかかえる真似をしながら証拠の手紙を麻呂の懐から抜き取った」

「…………」

「だから、あの場所には何も残っていなかったのだ」

でも！と純は叫ぶ。

「それでも、あの場所には鬼の臭いが残っていたと――」

「この国では、純粋な『人』というのは、内裏《だいり》に入れる人々――房盛や基良などの、ごく少数の貴族たちだけだ。この国にはいわゆる『人』など、ほんの一握りしか存在しないという話を聞かなかったのか」

そうだ。

「人」と呼べる人間たちは、この日本にはわずかしかいないのだ。

あと残りは――。

「奴らは、その純血を保とうと、必死になって我ら『鬼』を殺戮《さつりく》しているのだ。しかし皮肉なことに、殺しに来る方も、殺される方も、みな『鬼』の血が混じっている。ただ、それが濃いか薄いかという違いだけでな」

だから、と馬頭が続ける。

「我らでなくとも、我らに近いモノが犯人であるとするならば、当然その場所に、臭いは残るだろう」

「近い……」

「あの晩」牛頭は言う。「多治比麻呂は世須のニセ手紙で宴の松原まで誘《おび》き出された。その時、松の木の上では、麻呂を殺害するべく、鬼の血を引く一人の男がじっと待っていた。そして、麻呂が近づいてきたところを見計らって、木の上から一息に、一刀のもとに斬り殺した」

「でも、木の上からなんて、そんな長い刀――」

純は、ハッと思い当たった。

ムチのように長く伸びる刀。

鋭い切れ味の刀。

〝木を渡る術は頼光にはかなわねえよ。頼光は見た目よりも、ずっと身が軽いんだ……〟

金太の言葉が、頭の中でよみがえった。

「まさか……」

呆然とする純に、牛頭は言う。

「その、まさかだ。麻呂を殺したのは、頼光だ」

「頼光には、鬼の血が交じっている」

「頼光も！」

「頼光だけではない。奴の部下の綱も、金太も、全員だ」

「そんな……」

言葉を失う純に、馬頭は続ける。

「おそらく、基良に命令されたのだろうな」

「基良の命令ならば、頼光は断れない」

「…………」

声も出せずに固まってしまった純に、牛頭がなおも畳みかける。

「いくら我ら鬼とはいえ、乗り物もなく、あの宴の松原から武徳殿までの距離を飛べるわけもない」

「内裏には、いつも結界が張られている。乗り物どころか、身を潜めて状況を窺うのがやっとだ」

「下手《へた》に動けば、結界に搦《から》め捕《と》られるか、それとも自分の身を切ってしまうかのどちらかだ。あの場所では、『人』たちの許可したものしか、動けない」

頼光が、犯人――。

そんな、馬鹿な。あの頼光が、麻呂を殺した？

確かに頼光ならば、多少の返り血を浴びたとしても驚くようなことはないだろう。

しかしそれよりも――。

「頼光も、綱も、鬼の仲間……」

ということは、この殺し合いは、一体何なんだろう？

誰のために。

何のために、戦っているのだろう？

純は俯いて両手を固く握り締めた。そして、肩を震わせた。

海神と水葉が、悲しそうに純を見つめた。

「分かったか、天童純」篁が静かに声をかける。「そういうことだ。そしてこれが、奴ら貴族――『人』たちのやり方だ」

「…………」

まだ口もきけずにいる純に、篁は言う。

「今夜は海神たちとともに、この閻魔殿に泊まってゆけ。そして、一晩ゆっくりと考えろ。今、自分が何をするべきなのかをな」

篁は、スッと立ち上がる。

そして漆黒の袍を風になびかせて、純たちに背中を向けた。

牛頭・馬頭が、その後に従う。

部屋には、純たちだけが残された。

しばらくすると、

「おまえ……」海邪鬼が、純の後ろから言った。「ただの馬鹿かと思ってたけど、偉かったな」

「えっ」

振り向く純に、海邪鬼は笑った。

「的は見事に外れてたけど、きちんと自分の意見を言ったもんな。それだけは、認めてやるよ」

「ありがと」

純は弱々しく微笑んだ。

＊

純はその晩、出された夕食に全く手をつけることができなかった。

そして、自分に宛《あて》がわれた部屋にも戻らずに、一人閻魔殿《えんまでん》の庭に出た。月明かりの日本庭園を、あてもなく歩く。時折吹いてくる夜風に、松の枝が、ザッ、と揺れた。

しばらく歩くと大きな池が見えてきた。朱色の反り橋が架かっている。純は橋の真ん中まで上って欄干に寄りかかると、池に映って、ゆらゆらと揺れる白い満月を眺めていた。その時、背後でカタリと音がした。

「誰だっ」

純は振り向く。

すると、月明かりの下に、水葉がはにかむように立っていた。

「これ……」水葉は手にリンゴを持っていた。「夕ご飯、食べなかったみたいだったから。部屋に持っていってあげようと思ったら、庭に姿が見えた」

「ああ……。ありがとう」

純は素直に受け取る。

水葉も純の隣に並んで、欄干に寄りかかった。

「すてきな景色ね。この籠陸《こもりく》では、木も水も鳥たちも、全ての生き物がのびのびとしている」

「確かに都とは違うね。空気も違う」

「どうだった、篁さんの印象は」

「ああ」純は頭を掻いた。「怖いわけじゃないんだけど、話していて体が震えた。だから、時間を行き来する方法を訊き損なっちゃった」

「また、訊けるよ」

「そんなことよりも――」純は水葉を見つめる。「ぼくは最初、きみたち鬼が人を襲っているって聞かされてた。でも、実際に来てみたら、そんな話とは全く違ってた。本当に残酷なのは、きっと『人』なんだろう。でも、その『人』たちの中にも鬼の血を引く者がいて――。もう、何が何だか、ちっとも分からなくなっちゃったよ。こんなに悩んだのは、生まれて初めてだ」

「一所懸命に悩んでね」

「え？」

「悩むってことは、生きてる証拠」水葉の笑顔が、月明かりにきらめいた。「何も考えなくなっちゃったら、生きていてもしょうがないでしょう。あなたの悩む気持ち、あたしは分かる気がする。でもそれは、分かる気がするだけ。誰もあなたには、代わってあげられない。あたしだって、そばにいてあげられてもただそれだけ。頑張って、自分で歩いて」

「ああ」

純は答えると、池に映って揺れる月を眺めながら、

「でも……」一つ溜め息をついた。「人も鬼も、同じ人間だろう。そうしたら、みんな平等なはずじゃないか。なのに、どうして争いなんかが起こるんだろう？」

「そんなことを言うと、また海邪鬼に馬鹿にされるよ」水葉は笑う。「それは言葉の意味が違う。生まれつき平等なんてありえない」

「だって、人間は平等だって習った」

「平等じゃないからこそ、そう教わるのよ。最初から平等だったら、口にする必要すらない。そして、平等だという間違った前提があるから、ものごとが変に歪《ゆが》んでしまうのよ。素直に、現実を見つめればいい」

確かに、そうなのかも知れない……。

純が口を閉ざすと、ざわわっ、と松の木が夜風に揺れた。

「あ。あと、もう一つ」

「なあに？」

「死んだ麻呂さんが、『我々の計画』がどうのこうのって言ってたけれど、きみはこれについて、何か聞いたことがある？」

「さっき、あたしたちも篁さんたちとその話をしてきたの。内裏にひそんでいた小鬼も、そんな報せ《しら》を持ってきたって。でも、今は、何のことだか分からないみたい」

「悪いことなんだろうか？」

「さあ……。ただ、とても大きな陰謀が仕組まれているんじゃないかって言ってた。だから、あらゆることに注意するようにって」

「大きな陰謀——」

「だからあたしたちは、また戦わなくちゃならない。明日も、明後日も。あ、ごめんなさい。別に、あなたに催促しているわけじゃないの。あなたはあなたで、自分のことをゆっくりと考えてね」

「……うん」

でも！　と水葉は純を正面から見て、リンゴを指差す。

「それを食べて元気になるのよ。分かった？　これはあたしからの命令よ」

俯きながら頷く純の前髪を、水葉は白い指先でサラリと掻き分けた。

純は、ハッと顔を上げる。

息がかかるほどの距離で、水葉と目が合う。

「しっかりね」

思わず固まってしまった純の額に、水葉はキスをした。

「おやすみなさい」

目をパチクリさせたままの純を一人残して、水葉は微笑みながら橋を駆け下りる。

そして、月明かりの庭園を、吹き抜ける風のように帰っていった。


翌日。

純が眠い目をこすりながら食堂に下りていくと、ちょうど朝食を終わった水葉が部屋の中から出てきた。水葉は、

「おはよう」軽やかに挨拶した。「よく眠れた？」

「う、うん」純の方が照れながら答える。「何とか……」

良かった、と水葉は朝日のように微笑む。

「あなたは強いから、きっと大丈夫だと思ってた」

「ぼくが強い？」

「ええ」

「どうして、そんなことが分かるの？」

「だって、あの偉大な素戔鳴尊《すさのおのみこと》の血を引いてるんだもの」

「…………」

純が口を開きかけたその時、

「水葉さまーっ」

大きな声がして、ワニが駆け寄ってきた。

「大変です。奴らが、愛宕山——竜宮近くまで攻め寄せてきているという報せがっ」

「ええっ。お祖父さまは」

「海神《わだつみ》さまは、もう恵比寿丸に戻られて、出航の準備を」

「急がなくちゃ！」

水葉と純は、顔を見合わせた。

二人が息を切らせて恵比寿丸に戻ると、そこには相変わらず真っ黒な束帯を身につけた小野篁《おののたかむら》と、牛頭《ごず》・馬頭《めず》が立っていた。そして、何やら海神と話をしていた。そして船の周りでは、海邪鬼や白蛇たちが、慌ただしく出航の準備に追われていた。

「おお、水葉。ぼうや」二人を見つけた海神は叫ぶ。「愛宕山に、軍衆《いくさびと》が攻め寄せてきとるらしいのじゃ」

「でも！」水葉は叫ぶ。

「あの場所までには、土神《はにやま》や木神《くくのち》たちが、いくつも砦《とりで》を築いているはず。奴らが、そんなに簡単に突破できるとは思えない」

「四天王が現れた」篁が静かに言った。

「四天王？」

「源雲めが、呼び寄せたのだ」

「呼び寄せたからといって、四天王が、奴らの思い通りに動くはずもない」水葉はそこで息を呑んだ。「まさか！」

「その、まさかだ」篁は頷く。「天令招喚《てんれいしょうかん》した」

「天令招喚……」

絶句する水葉を見つめながら、純は尋ねた。

「なんですか？　その、てんれいしょうかん……って」

「それはの、ぼうや」海神が答える。「簡単に説明すれば、四天王を人に乗り移らせることじゃ。人の心を、全て四天王に預けてしまうのじゃ」

「というと？」

「四天王が乗り移った人間は、物凄い力を持つことができる。しかし、一方で、心は朝廷を守ることしか考えられなくなってしまう。四天王は、もともと王城守護の護法神じゃからのう」

「それに」水葉が叫んだ。「天令招喚された人間は、もう二度と普通の人間には戻れなくなっちゃうの。普通の人間であることを捨てないと、できない勧請法《かんじょうほう》なのよ」

「そんなこと、一体誰がされてしまったんだ」

「頼光の部下たちじゃ」

「えっ」

「綱・金太・貞光・季武。この四人らしい」

綱や、金太たちが――。

純は、不仁王寺にあった四天王たちの像を思い出した。

重そうな甲冑を身につけて、見ている者に向かって、今にも剣や拳を振り下ろそうとしている神の像たち――。

〝仏の教えに従おうとしない、悪い奴らを懲らしめる……〟

確かに、源雲はそう言った。

「わしらが、ぼうやと雄龍霊を味方にしたと見たのだろう。房盛と基良の命令で、源雲が彼らに施したらしいのじゃ」

「それにしても」水葉は言う。「早すぎる。ついこの間まで、奴らは普通の人間だった。天令招喚には、もっと日にちがかかるはず」

「数日前に」篁が静かに口を開く。「頼光に対して、ひそかに帝釈天の招喚を終えていたらしい。頼光たちは隠していたようだがな」

「帝釈天を！」

〝もう少しすれば、俺ももっと強くなれる〟

頼光の言葉が、純の頭の中でよみがえる……。

「だから、頼光の部下である綱たちに、帝釈天の部下である四天王を招喚したのだ。それならば、簡単にできる」

「しかし」海神は唸《うな》った。「自分たちの部下に、そんな残酷な術を施してまで、わしらと戦おうとは……」

「どうだ、天童純」篁がじろりと見る。「まだ、草薙剣《くさなぎのつるぎ》を手にして、我らと共に戦う気にはなれないか？」

「……………」

純は言葉に詰まった。

やっぱり、戦いたくはない。

でも、だからといって黙っていても、貴族――人たちは許してはくれないだろう。殺されるだけだ。

しかし、頼光や金太と刃《やいば》を交えるのも嫌だ。

かと言って、このまま海神や水葉を見捨てるのも……。

でも。それよりも何よりも、まず一番に――。

純の気持ちを察したように、篁が静かに口を開いた。

「やはり、元の世界に戻りたいか」

「はい……ごめんなさい」

謝る必要はない、と篁は、唇を嚙み締めたままの純に向かって、

「では教えよう」静かに口を開いた。「その扉は、今宵だけ開かれる」

「えっ」

「今日、節分の申《さる》の二刻《にのこく》――おまえたちの時間で、あと五時間後だ。これが唯一おまえが元の世界へ帰れる扉だ。他には、ない。今宵のその刻、羅城門の柱を一匹の白蛇が滑り下りて来る。その蛇が地面に着くまでのわずかな間、羅城門の二階の楼閣《ろうかく》で、

おまえのいた世界への時の扉が開かれる。もしも帰りたければ、その刻に羅城門に登れ。運が良ければ、そこから京都、東山——六道珍皇寺《ろくどうちんのうじ》の井戸に抜けることができるだろう」

「はいっ」

目を輝かせる純に向かって、

「ただし——」篁はつけ加えた。「ほんのわずかな時間だ。漏刻《ろうこく》の水で二滴分だ。おそらく、六秒もない。しかし、この時を逃せば、また十八年後の今宵まで、その機会はないだろう」

「ありがとうございます！」

純は篁に向かって頭を下げた。その話をじっと聞いていた海神は、

「良かったな、ぼうや」とニッコリと微笑み、「さあ出航じゃ！」

全員に号令した。

「篁どの、それでは、参ります」

「頼んだぞ、海神」

「はっ」

海神は白い髭を震わせて返事をすると、タラップを上がった。その後ろから、純と

水葉も続く。タラップを上がり終わると、そこには海邪鬼が待っていた。そしてもじもじと言う。

「なあ、おまえ……」

「なに？」

「本当に、帰っちゃうのか？」

「ああ、今晩ね」

「まだ帰るなよ」

「なんだって？」

「こっちの世界に……もう少し、いろよ」

「………」

「おまえ、馬鹿だろう」海邪鬼は、純から視線を逸らせて、小声で呟く。「オレが、まだ面倒見てやるからさ」

「こらっ」水葉が怒った。「邪鬼。そんなことを言うもんじゃないの。純には純の世界があるんだから」

「だって、水葉だって本当は――」

「黙りなさい！」水葉は海邪鬼を睨みつける。そして、甲板を指差した。「おまえはあっちへ行って、早く出航の準備をしなさいっ」

「こっちへ来るんじゃ」

横から海神の太い腕が、ぬっと出て、海邪鬼の襟首をつかんだ。じたばたと暴れる海邪鬼を見て、純は尋ねる。

「ねえ、海神さん」

「どうした？」

「ぼくのいた世界では、鬼や妖怪たちは、もっと恐ろしいモノだったんだ。でも、こうして見てると実際はずいぶん違った」

純は、自分のいた世界に伝わっている鬼や妖怪の話をした。それを海神たちは、じっと耳をすませて聞いていた。やがて、

「なあ、ぼうや」と海神は言った。

「一つ、お願いがあるんだが……。ぼうやの世界に戻ったら、もう一度良く本を読み直してみてくれないか。

どうして節分には鬼に豆をぶつけるのか？　どうして河童《かっぱ》はキュウリばかりを食べているのか？　どうしててるてる坊主は軒下に吊るされるのか？　どうして雛祭《ひなまつ》りで人形を飾るのか？　どうして天邪鬼《あまのじゃく》やおとろしの指は三本しかないのか？　――これ

らは、とても重要な問題じゃ。そして、きちんと調べさえすれば分かることじゃ。しかし、ぼうやの時代の人たちは、おそらく、誰も真剣に調べようとしていないんじゃろう」

「うん。聞いたことがない」

「だからこそ、自分で調べてくれ。いずれ時間があれば、わしも教えてあげられるが、今はもう時間がない。ぼうやが一人で、調べてくれ。そして答えが分かったら、たった一人きりでもいいから声を上げてくれないか。それが、わしらのためになる。そして、それだけでも、ぼうやがこの世界までやって来た甲斐があるというものじゃ。頼むぞ」

そう言うと海神は、海邪鬼をぶらさげながら甲板を歩いて行ってしまった。

純は押し黙る――。

そう言われればそうだ。

ど、ど、どうして今まで、誰もそんなことを教えてくれなかったんだろう？

いや、もういい。人のせいにするのは止めよう。これからは、自分で調べて、自分で考えるんだ。純は、固く決心した。

すると、その後ろから、

「とにかく、良かったね」水葉が純に微笑みかけた。「今晩、帰れるって」

「うん」純は頷く。「でも……。少し残念な気もするけれど」

「どうして？」

「い、いや……」純は慌てて水葉の綺麗な横顔から視線を外した。「ただ、何となく」

やがて恵比寿丸は、錨《いかり》を上げて籠陸《こもりく》の上空に飛び立った。


「見ろ、あそこじゃ！」

地上を見ると、山の中、森の向こうで火の手が上がっていた。

遠くから眺めていても、四天王たちの攻撃は凄まじかった。

雲を衝《つ》くような、何十メートルもあろうかという巨大な体が、杉の大木を薙《な》ぎ倒しながら山道を進んでくる。しかも、全員があの不仁王寺で見た、立派な甲冑に身を包んでいた。まるであの像が、そのまま大きくなったかのようだった。

〝まさか……〟

そういえば源雲が言っていた。

〝あの、四天王と十二神将《じゅうにじんしょう》は……ただの神像と思ったら、大間違いじゃ……〟

やはりあれは、あの寺にいた像だ。彼らが、大きく変身したのだ。

四天王たちは、光背の火炎こそ燃えていないものの、誰もが憤怒の形相で、地響きを立てながら歩いてくる。

綱の毘沙門天《びしゃもんてん》は、片手に戟《げき》、片手に宝塔を捧げ持ち、真っ黒い大亀《おおがめ》——玄武《げんぶ》を引き連れて、鬼たちの軍勢を踏みつぶしながら進んでくる。

金太の増長天《ぞうちょう》は、長い棒の先に鉞《まさかり》が付いたような武器を手に、火を吐く真紅の鳥——朱雀《すざく》と共に攻めてきている。

貞光の持国天《じこく》は、青い龍を身にまとっている。そして手にした大きな剣で、木霊《こたま》や野火《のび》たちを打ち払っていた。

季武の広目天《こうもく》は、大きな白虎《びゃっこ》と共に、ゆっくり山道を歩いていた。ときおり白虎が、木の陰にひそむ天狗や来根《きつね》たちに、牙をむいて襲いかかっていた。

「まずいぞ」

恵比寿丸から、その様子を眺めて、海神が歯をギリリと噛み締めた。

「このままでは、竜宮まで押し寄せられてしまうのも時間の問題じゃ」

「凄い」四天王たちの動きを、ものも言わずに見つめていた水葉も呟く。「強すぎる」

「恵比寿丸の進路を」海神は、海邪鬼たちに命令する。「真っ直ぐ奴らに向けい！

そして、砲撃開始じゃっ」

すぐさま恵比寿丸からの火石の砲撃が始まった。

火石が、四天王たちの甲冑の上で弾け、彼らの動きが止まった。

その隙を見て、ダダ法師《ぼうし》や大人《うし》たちが、手に棍棒《こんぼう》を持って反撃を開始した。

純は――。

ブン……。

大きく姿を変えたオロチにまたがった。

そして金太――増長天目がけて突っ込んでいく。

「金太ーっ！」純は、オロチの背中から叫ぶ。「ぼくだよ！　止めろっ」

しかし増長天の金太は、

「がッ」と声を上げると、純とオロチ目がけて鉞を振り下ろした。純たちは、寸前のところでそれをかわす。

「分からないのかっ。ぼくだ！　天童純だっ」

増長天は、ピクリと動きを止めて、じろりと純を睨んだ。しかし、

「――鬼か」

と吐き捨てるように言って、自分の肩に乗っていた真紅の鳥――朱雀に命令する。

「殺せ」

朱雀は純たちに向かって、凄まじい炎を吐きつけてきた。純とオロチは、急速で反転して、その炎をギリギリのところでかわす。

「金太ーっ」

叫ぶ純を乗せて、オロチは空を旋回する。純の耳元を大きな戟がかすめた。

驚いて振り向くと、そこには綱の毘沙門天が立っていた。純は、今度は綱に向かって叫ぶ。

「綱！　ぼくだよ、天童純だっ」

その声を無視するように、毘沙門天は表情一つ変えずに、再び戟を振り下ろす。その鋭い切っ先が、オロチの尾びれをかすめた。

危ういところで急降下すると、地面では真っ黒な大亀――玄武が、大きく口を開けて待っていた。

純たちは再び急上昇してそれを逃れる。

「ちくしょう……」

泣きながら背中にしがみつく純を乗せて、オロチは恵比寿丸へと戻って行った。

＊

その頃。

戦場の遥か後方に築かれた石の城の頂上では、

「まだ、本当には目覚めておらぬな」

純たちの動きを遠眼鏡《とおめがね》で眺めて、源雲が嗤った。

「はい、そのように」

帝釈天の頼光が、隣で頷く。天衣《てんね》をまとって、冷ややかに戦況を見つめていた。腰には相変わらず鬼切丸を下げている。

「あのオロチは、まだほんの子供。奴もまだ使い方を知らないとみえます」

「そのようじゃの」

遠眼鏡を外さずに、源雲が答えた時、

「どうじゃ？」と、二人の後ろで声がした。

「これはこれは、基良さま」驚いて源雲は振り向く。「このような所にまで」

そこには随身《ずいじん》を数名従えて、藤原基良がゆらりと立っていた。

深々とお辞儀をする源雲と頼光に、基良は尋ねる。

「四天王たちの働きは、どうじゃろう」

「さすがに、強うございまする」

「天令招喚をした甲斐があったというものじゃな。源雲。苦労であったな」

ははっ、と源雲は頭を垂れた。

「もとはと言えば、拙僧《せっそう》が、あの小僧を鬼神《おにがみ》らに奪われてしまったのが、今回の苦戦の原因でありまする。初めの計画では、小僧をうまく丸め込んで雄龍霊《オロチ》を操り、一気に鬼神たちを平《たい》らげてしまうはずでありました」

「まあ、仕方のないことじゃろうて。あの小僧には、我らが考えていたよりも濃く、鬼の血が流れていたのじゃ」

「そのようで……」

「しかし」基良は檜扇《ひおうぎ》を取り出してゆっくりと扇《あお》ぐ。「四天王たちも現れて、これで一安心じゃのう」

「間違いなく、鬼神たちを一掃できましょう」

「そうじゃの」

「しかし」源雲は頼光を見る。「それもこれも、この頼光の力によるもの」

「うむ。よくぞ、彼らを説得したの」

見下ろす基良に頼光は、ははっと跪《ひざまず》き、顔を上げずに答える。

「荒れ放題だったこの大和の国を、今のように住みやすくされたのは泊瀬《はつせ》の帝。それに逆らう鬼どもは、大和の国の土を踏む権利などございません」

さようじゃ、と基良は頷いて、パチンと檜扇を鳴らした。

「馬鹿な鬼どもじゃよ。何が静かで平和な暮らしがしたいだ。奴ら、鬼や民人《たみびと》どもに、そんな暮らしができるものか。少しでも目を離せば、すぐに諍《いさか》いを始め、くだらぬことでお互い争う。ただ食べて寝て、自分だけ財を蓄えて子孫を作るだけのことしか考えていない奴らが、いちいちうるさいわ」

「――ごもっとも」

「わしらが導いてやらねば、何一つできもしないくせに、口だけは一人前のことを言う。奴らは、上に立つ『人』がいなくては、一日たりとも生活できないのじゃ。それが、『民』じゃ、『鬼』じゃ。違うか、源雲？」

「仰せの通りで」

頭を下げる源雲の横で、頼光も冷ややかに言った。

「奴らには、哲学も信条もございません」

「海神《わだつみ》たちさえいなくなれば、あとはクズ同然」源雲は笑った。「陰陽師《おんみょうじ》に命じて打ち払ってしまえば良いでしょう」

「しかし陰陽師も、もとをただせば鬼の仲間では？」

だから、と源雲は皮肉に笑う。

「同士討ちじゃ。鬼を鬼でもって払うのじゃ。わしらが、わざわざ手を汚すまでもないじゃろう」

「そうじゃの」基良は大きく頷いた。「して……。雄龍霊と小僧の方はどうじゃ？」

「は。まだ雄龍霊は目覚めておりません」源雲が、恭《うやうや》しく返事する。「あの程度であれば、四天王が総掛かりすれば問題もないかと……」

「よし――。ならば、今のうちじゃな。頼光」

「はっ」

「太政大臣・房盛どのよりの命令じゃ。雄龍霊は目覚めぬうちに殺せ、となもちろん、小僧も一緒に。良いの」

「畏《かしこ》まりました……」

頼光は、表情一つ変えずに頷いた。

《きっとまた、いつか》

「土神《はにやま》が捕まったぞ！」

烏天狗《からすてんぐ》たちが、血相を変えて飛んできた。見れば、誰も彼も羽はボロボロで錫杖《しゃくじょう》は折れ、嘴《くちばし》にも血が滲《にじ》んでいる。

「仲間と一緒に乗っている土竜《もぐら》ごと、毘沙門天に搦《から》め捕《と》られた！　あのままでは、殺される」

「なんじゃと」海神《わだつみ》は叫んだ。「あの大きな土竜ごと、捕えられたと？」

「愛宕山の西の麓だ！　太い索条《さくじょう》で縛られてる。助けに行こうとしても、玄武が見張っていて手を出せない」

「よし」純が立ち上がった。「オロチを呼ぼう」

「だめじゃ」海神が押しとどめる。「こんな所で何かあったら、ぼうやは帰れなくなっちまう」

確かに海神の言う通りだ。もしもオロチが傷ついてしまったりしたら、純は羅城門まで辿り着けなくなってしまうだろう。かといって、他の神々――火神《かぐつち》も山神《やまつみ》も木神《くくのち》も、四天王と軍衆《いくさびと》の攻撃を防ぐので精一杯だった。

「どっちみち、毘沙門天の索条は切れない！」もう一羽の烏天狗が、息を切らせながら言う。「それに、索条の端は、玄武がしっかりとくわえてる。そこで結界を作り上げてるんだ」

「だから」最初の烏天狗。「あれを断ち切るには、とっても鋭い剣が必要だ。例えば草薙《くさなぎのつるぎ》剣くらいの」

えっ、と純は叫ぶ。

「じゃあ、ぼくが取ってきます！」

「はあ？」烏天狗が、呆れたように純を見て嗤《わら》う。「小僧。おまえが、あの剣を握れるとでも思ってるのか」

そこで海神は、純のことを説明した。

おお、と一瞬、皆はどよめく。

すると、傷ついた一羽の烏天狗が立ち上がり、純に向かって怒鳴った。

「じゃあ、どうしてその時、手に取らなかったんだ！　こんな大事な時に、なんで持っていないんだ。今から取りに戻ったところで、間に合うわけもない。その間に土神は殺されてしまう」

「黙っとれ！」海神は怒鳴った。「ごちゃごちゃ言うと、その嘴をへし折るぞっ」

そして純の肩を優しく抱いた。

「気にするな、ぼうや。何か方法はある」

烏天狗は、ふてくされて甲板に腰を下ろす。すると水葉が、

「お祖父さま」海神の前に進み出た。「あたしが行きます。玄武の気を引きつけるから、その間に土竜と土神を」

ははっ。と烏天狗が嗤った。

「一人じゃ、とても無理だ。死にに行くようなもんだ」

「でも！」

「だめだ」海神も言う。「毘沙門天は強い。命を捨てるだけだ」

「じゃあ」純が叫ぶ。「ぼくも一緒に行きます！　草薙剣はないけど、例えばとっても重いものを玄武の頭に落とすとか――。何とか、奴の気を引けるかも知れない。そうしたら、その間に土神さんを助け出してください」

その言葉に、海神は二人をじっと見つめた。そして、

「分かった」

と答えて、海邪鬼《あまのじやく》たちに一艘《そう》のボートを用意させた。

「これに乗れ」

海神は、純と水葉に言う。そして白蛇たちに、「武器を」と命令した。白蛇たちは、二人の乗ったボートに、大きな弓と火矢の入った胡簶《やなぐい》を積み込む。

水葉と純がそれを受け取ると、

「出せ」

海神は、ニヤリと微笑んで命令する。

その声に海邪鬼たちはボートを恵比寿丸から押し出す。二人を乗せたボートは、するすると恵比寿丸を離れ、ゆっくりと竜宮に向かって進み始めた。

「ああっ」

純と水葉は、ボートの縁《へり》をつかんで叫ぶ。

これでは、毘沙門天のいる方向とは逆だ！　しかし、いくら戻ろうとしても、強い波動に押されて、二人の思い通りにはならなかった。

「お祖父さま！」水葉は、ボートから落ちそうなほど身を乗り出す。「これはどういうことなの」

海神は、恵比寿丸の上から二人に向かって笑いかけた。

「わしらが行く」

「そんな！」

「待って下さいっ」純も叫ぶ。「ぼくが悪かったんです！　あの時、草薙剣を取らなかったから。だから、ぼくに行かせて下さい」

「黙っとれ！　ぼうやは今晩、羅城門へ行け。ちゃんと自分の世界に帰るんじゃや。そして水葉は残って、後のことを頼む。戦いは、まだこれからが本番じゃや。今、危険な目に遭うのは、わしらだけでいい」

「だからって。なにも、海神さんが行かなくたって！」

「わしは、皆が大好きなんじゃよ」海神は、恵比寿丸の上から微笑みかけた。「篁《たかむら》さんも、土神も、山神も、水葉も、そしてぼうやのこともな。言っただろう。愛する者のために戦えないような奴は、初めから生きてる価値なんてないんじゃや」

「海神さん……」

「漢《おとこ》っていうのは――」海神は、純に向かってウインクした。「そういうもんじゃやよ、ぼうや」

そして、二人に背中を向けた。

海神は甲板の真ん中に仁王立ちして、全員に大声で命令した。

「いいかっ。この船は今から土神たちを救うために、毘沙門天に向かって突撃する。覚悟は良いじゃろうな！」

おおう！

海邪鬼が、白蛇たちが、ワニたちが天に向かって吠えた。

「オレたちは、生まれついての海賊だっ」

「あんな奴らなんて、目じゃないぜ！」

「元々ここは、俺たちの山だ。ひと泡吹かせてやるっ」

おおう！

再び、大きな掛け声が上がった。

遠ざかる恵比寿丸を、呆然と眺めながら、

「お祖父さま……」

水葉は、ボートの縁を握り締めたまま、その場にくずおれた。

二人を乗せたボートは、強い波動に押し流されるように竜宮に到着した。

肩を落とした水葉を抱きかかえるようにして、純がボートを降りると、そこには竜宮を守っている火神が立っていた。

水葉は純の腕を離れて、火神に抱きつき号泣する。

火神は水葉の肩を抱き締めながら、純に囁く。

「この子の両親はね、筒之男《つつのお》と乙姫《おとひめ》っていう立派な神だったんだ。でも、この子がまだ小さい頃、この竜宮を守るために、やっぱり人と戦ってね……。死んじゃったんだよ。それからは、ずっと海神に大事に育てられてきた。お祖父さんと孫というよりも、親子みたいにしてさ」

純はその隣で、拳を固く握り締める。

自分が、篁の言うことを聞かなかったばっかりに。

草薙剣を持っていなかったばっかりに――。

〝そんなことを言っていると、命取りになるぞ〟

篁の言葉が、突然蘇《よみがえ》る。

「あっ……」

あの言葉は、純に言ったのではなかったのか。

篁は――海神に向かって言ったのだ！

それをおそらく海神も知っていた。

それでも、純の好きにすればいいと言ってくれた……。

海神の優しい笑顔が、脳裏に浮かんだ。

純はたまらず、一番近くにある砦のてっぺんに駆け上った。

そして、海神たちのいる空を見る。

恵比寿丸は突風に乗ったかのように、凄まじい速さで突っ込んで行き、左右に大きく蛇行しながら、四天王たちの攻撃を避け、
ドオン……。

ドオン……。

と、火石を撃ち続けていた。

しかし、恵比寿丸に対する攻撃も、熾烈《しれつ》をきわめた。

毘沙門天の手にした宝塔が輝くたびに大きなうねりの波動が起こり、恵比寿丸はそれに巻き込まれて、転覆しそうなほど揺れた。そこに、長い戟《げき》が襲ってくる。

太いマストが折れ飛び、何人ものワニや白蛇たちが、船から弾き飛ばされて落下していった。

しかし恵比寿丸は、進撃を止めなかった。

それに呼応して、ダダ法師《ぼうし》たちも四天王目がけて突っ込んで行く。

空が、何度も赤く輝いた。朱雀が、空を縦横無尽に飛び回っているのだ。口から吐き出す火炎で、木霊《こたま》や来根《きつね》たちが、大勢灰になっていった。

雲の中を、大きな稲妻が走った。青龍が雷を呼んだのだろう。森のあちらこちらに落雷が起こった。その落雷の隙を縫って、まだ恵比寿丸は突進していく。

純の体が震えた。

血が出るほど、拳を固く握り締めた。

すると、
ブン……。

純の横には、大きく変身したオロチがいた。

純はその首に飛び乗った。そして、

「籠陸《こもりく》へ！」

短く一言だけ命じた。

長い髭を一振りさせると、オロチは勢いよく雲の中へと飛び上がって行った。

＊

「待っていた」

篁が静かに言った。

純を乗せたオロチは、篭陸——閻魔殿《えんまでん》の庭園にいた。

黒い束帯姿の篁の両脇には、やはり牛頭《ごず》・馬頭《めず》が立っている。

「篁さん！　ぼくは——」

オロチを飛び降りた純の言葉を遮り、

「こちらに来るがいい」

篁は黒い束帯を翻《ひるがえ》すと、庭園の奥に向かって歩き始めた。先頭に篁。その後ろに純。そして、牛頭・馬頭が続いた。歩きながら、篁は言う。

「今までにも沢山の神々が、人の手によって殺され、封印されてきた。出雲《いずも》の大国《おおくに》主《ぬし》。伊勢《いせ》の天照大神《あまてらすおおみかみ》。そして素戔嗚尊《すさのおのみこと》などのな」

「え？　大国主は、国を譲って隠居したんじゃ——」

その言葉に篁は、ふっ、と笑う。

「それは、騙《かた》り——ごまかしだ。息子たちの事代主《ことしろぬし》、建御名方《たけみなかた》と共に、殺された。だからこそ人々はその怨念を恐れ、出雲にあれほどの大きな社を建てて祀っているのだ。また、天照大神は伊勢に閉じ込められた」

「天照大神が？」

「伊勢神宮へ行ってみるがいい。あの神宮が、天照大神を閉じ込めるための造りでなくて、一体何だと言うのだ？」

「素戔嗚尊は——」

「どうして人々はあれほどまでに素戔嗚尊を恐れる？　それこそが、奴らが彼を殺した証拠ではないのか。そしてそんな当たり前のことすら、年を経るにつれて、誰も知らなくなってきてしまっている……。さあ、ここだ」

篁は、庭園の隅、小さな神社の前で足を止めた。

牛頭と馬頭が、神社の扉を開く。そして中に入ると、太い鎖でぐるぐる巻きにされた小さな箱を持ち出してきた。篁は言う。

「三種の神器は、もともと神や鬼のものだった。全てを映し出す母なる『八咫鏡《やたのかがみ》』、禍々しい魂を封じ込めている『八尺瓊勾玉《やさかにのまがたま》』。そして、あらゆるもの——運命までをも断ち切ることのできる、父なる『天叢雲剣《あめのむらくものつるぎ》』だ。しかし、鏡と勾玉は奴らの手に奪われ、今我らのもとに残っているのは、この草薙剣だけになってしまった」

牛頭が箱を純の前に置くと、篁は手にした黒い笏《しゃく》を一振りした。

すると、それまで箱に巻き付けられていた鎖が、次々にガシャガシャと音を立てて外れ、古ぼけた木箱が姿を現す。その箱に目を落として、篁は言った。

「おまえは、自分の本当の両親を知っているか？」

「本当の――って」純は驚いて、篁の顔を見上げた。「どういう意味ですか」

「今、この時代には、素戔嗚尊の血を引く『勾玉の一族』の子孫はいないという話を聞かなかったか？」

「は、はい。この間、木神《くくのち》さんがおっしゃっていました」

「それなのに未来の世界にお前がいる――。おかしいとは思わなかったか？」

「思いました。でも、理由が分からなかった」

「お前の本当の父親は、八千戈《やちほこ》という勾玉の一族の男だ。素戔嗚尊の血を引く、出雲の立派な鬼だった」

「えっ」

「ある日八千戈は、出雲に旅してきた貴族の娘、那智《なち》と出会った。二人は互いに引かれ合い、やがて結婚した。そして生まれたのが」篁は、じろりと純を見る。

「おまえだ」

「そんな……」

「しかしやがて、貴族たちは出雲まで押し寄せて行った。そこで大きな戦いとなった。八千戈は雄龍霊《オロチ》を呼び出し、出雲臣《いずものおみ》と共に戦ったが、何重にも押し寄せてくる波のような人々の攻撃に、出雲臣は次々に敗れ始めた。そこで八千戈は、妻の那智の命を救ってもらうことを交換条件に、雄龍霊を封印した。そしてそれと同時に、密かにおまえを遠い未来へと飛ばしたのだ」

「ぼくを！」

「そうだ」

「じゃあ、ぼくの、今の父さんと母さんは——」

「子供のいない夫婦だった。自分たちの家のそばで泣いていたおまえを見つけて、そして愛情深く育ててくれたのだ。優しい人たちだ」

「……信じられない」

「しかし事実だ。私は、ずっとおまえを見守っていたのだからな」

「ええっ。どこで、ですか？」

「私は、どこにでもいる」篁は謎《なぞ》のように微笑んだ。

「とにかく、八千戈は、那智とおまえの命だけは、助けようと考えたのだ――。事実その後、彼は朝廷の貴族に殺され、雄龍霊は奪われた。しかし、草薙剣だけは、彼の部下たちが命懸けで持ち去った。そして、今ここにある」

篁は、箱の上に手をかざした。箱の蓋が、ふわり、と宙に浮いた。

「見ろ」

篁の言葉に、純は急いで中を覗き込む。

すると箱の中には、古い布きれが敷かれ、その上に苔むしてすっかり錆《さ》びついている、長さ三十センチほどの小さな剣が一本、頼りなく置かれていた。

「これが、草薙剣？」

その、余りのみすぼらしさに、純は篁を見上げた。

これが、あらゆるものを断ち切れるという剣？

騙されているのではないかと思った。しかし篁は、

「手に取れ」

とだけ言った。純は、静かに手を伸ばす。すると、

じ…………ん。

手のひらが熱くなった。と同時に剣が緑色に輝き始めた。

そのエメラルド・グリーンの光に包まれながら、純は剣を握る。そして、ゆっくりと顔の前まで近づけた。すると、さっきまで苔むしていた剣が、皓々《こうこう》と光を放ちはじめた。純の顔が剣の上に映るくらいに輝く。

純が剣を軽く一振りすると剣の切っ先から、緑色の光が放たれた。

「おお……」

牛頭と馬頭は、溜め息をついて純と剣を見つめていた。

「これが天叢雲剣——草薙剣だ。おまえ以外に、この剣は誰も手に取ることはできない。たとえ手にしたところで、このような輝きは現れない。ただの石の剣だ。この剣は、自ら持ち主を選ぶ」

「…………」

「この剣は、遠い昔に素戔嗚尊が、雄龍霊の体から取り出した物だ。そして、この剣の魔力をもって、彼は雄龍霊を自らの下僕として使役したのだ。だから、これを持って初めて、あの雄龍霊を本当に自由に操ることができる。手にしてみて、どうだ？」

「体の芯《しん》が熱いような……そんな気がします」

「おまえはいずれここに来て、この剣を手にする運命だったのだ。初めからな」

「初めから？ どういうことですか」

「源雲は童子を飛ばして、あの日、おまえの家にトラブルを起こさせた」

「童子？」

「源雲の使役している従者だ」

「じゃあ、もしかしてあの朝、食器を割ったのは――」

「童子だ」

「ぼくのノートを隠したのも？」

「そうだ。たちの悪い奴らに石をぶつけさせて追わせたのも、そして源雲の寺『不仁王寺』に追い込んだのも、全て奴の計画通りだった」

「そんな！　あれは偶然じゃなかったんですか」

「偶然どころか――」篁は笑った。

「あの朝、おまえは『もう二度と、家になんて帰ってくるもんか！』と口にしたはずだ。その言葉が口から出る時を、源雲は長い間、じっと待っていた。そしてついに、おまえの言葉で異次元の扉が開かれた。そこで、源雲の行動が開始されたのだ。不仁王寺に行って、おまえは奴に手当てを受けただろう」

「はい」

「どうしてそんなに都合良く、手当てをする道具があったのだろうかな。それは奴めが、初めから用意していたからだ」

「ああ……」言葉を失う純の後ろから、

「篁さま――」

一人の鬼が、駆け寄ってきた。

「どうした、羅刹《らせつ》」

尋ねる篁に、羅刹は跪《ひざまず》いて告げる。

「海神が危ない、との連絡が――」

「なんだって！」純は叫んだ。「早く戻らないと」

純は慌ててオロチを呼び寄せる。そして、草薙剣を腰に差す。

「天童純」篁は純を見つめる。「戦場に戻るのか？　あと数時間で元の世界への扉が開くぞ」

「でも、とにかく海神さんを助けないと！」

純は、オロチに飛び乗ると、再び大空高く舞い上がった。

草薙剣を手にして、純はオロチとともに物凄いスピードで空を駆けた。

確かにオロチも、先程より明らかにパワーを上げている。胴体から、激しい脈動が伝わってくる。純は、しっかりとその首にしがみついていた。

うねるように続く山脈をいくつも越え、あっという間に竜宮も飛び越した。目の前に、四天王たちと鬼たちとの戦いの場が見えてくる。

そこは辺り一面、真っ黒い雲に覆われ、ドン、ドン、という音と共に火花が散っている。見れば恵比寿丸の船体は、すでに穴だらけで、今にも墜落しそうに黒い煙を上げていた。しかし、それをどうにかこうにか保たせながら、まだ毘沙門天たちに向かって砲撃を続けていた。

見れば、ダダ法師や大人《うし》や、空を飛ぶ烏天狗たちの数も、すっかり減ってしまっている。地上からは、絶え間なく鬼たちの上げる悲鳴が聞こえてきた。

一方、四天王たちは殆ど無傷だった。相変わらず朱雀と青龍が縦横無尽に空を飛び交い、白虎が森に吠えていた。

「海神さーんっ！」

純は叫びながら恵比寿丸に近づいて行った。

船は毘沙門天の攻撃を何とかかわしながら、ようやく玄武の真上に到達したところだった。すると急に——海神の命令だろう——大きな錨が船から投げ出された。錨は、風を切って落下する。

そして、辺りを震わせる鈍い音とともに、ギエーッ——という玄武の悲鳴がこだまして、黒い血が木々の上に吹き上がった。重い錨が、玄武の頭を直撃したのだ。

頭を潰された玄武は、くわえていた索条を放した。

「やった！」

オロチの上から純は叫んだ。しかし——、

「あっ。ダメだ！」

目を凝らして見れば、索条が一本、玄武の足に絡まっている。これでは土竜《もぐら》が土に潜ることができない。

純は草薙剣を抜いた。そしてオロチを急降下させる。

それに気づいた毘沙門天は、今度は純に向かって攻撃を仕掛けてきた。

宝塔が輝き、長い戟《げき》が風を切って唸《うな》る。それをかいくぐりながら、純は玄武目がけて突っ込んで行く。獲物を見つけた朱雀も、その鋭い嘴《くちばし》をオロチに向けた。そして一つ大きく羽ばたくと、純たち目がけて一直線に飛んでくる。

純はそれを目の端に見ながら、突っ込む。片手でオロチの首にしがみつき、片手で草薙剣を構えた。ぐんぐん地面が近づいてくる。

そこには、頭を潰されて呻《うめ》く玄武がいた。

オロチはその足元――地上スレスレのところを、身をくねらせながら飛んだ。そして玄武に近づくと、純は足に絡まっている索条に向かって、草薙剣を思い切り振り下ろした。すると、ギンッ！　という大きな音と共に、殆ど何の抵抗も感じられないまま、索条がゴトリと切れた。噂以上の、凄い切れ味だ。

カタカタカタ……。

土竜の動き出す音が聞こえた。結界が消えたのだ。やがて傷だらけの土竜は、ゆっくりと土の中に姿を消して行った。

「やった」

しかし、純がホッとする暇もなく、けたたましい叫びと共に、朱雀が口から炎の塊を吐きながら、襲ってきた。純はギリギリで朱雀を避けて、オロチを東の空に向ける。ところが、そこには口を開けた青龍が待ち構えていた。ぐわっ、と青龍の牙が、純の肩を掠《かす》めた。
オロチは急角度で青龍から逃れる。そこに再び朱雀が襲ってきた。
純とオロチは、きりきり舞いしながら必死に攻撃を逃れた。
その時、
ゴオオン……。
遠く延暦寺《えんりやくじ》の鐘の音が聞こえてきた。

「あっ」

竜宮で、火神に抱かれながら戦況を眺めていた水葉が叫んだ。

「どうしたの？」

尋ねる火神の手を握り締めて、水葉は言う。

「純が——あの人が帰れなくなる！」

水葉は篁の話——申《さる》の二刻《にのこく》に羅城門の楼閣に上がれば、純は元の世界に帰れるという話を伝えた。すると、

「大変！」火神は空を仰いだ。「あの鐘は、申の一刻《いちのこく》の鐘だよ。あと一刻しかないじゃないか。あの子の時間でせいぜい三十分だ」

「純に伝えてっ」

「無理だよ、こんな状況じゃ！」

「どうすればいい」

「大丈夫。きっとここに帰ってくるよっ」

「早く……」水葉は自分の胸の前で手を合わせて祈った。「戻って来て」


「あの子のオロチだーっ」

「助けにきてくれたぞっ」

森の中で来根《きつね》や木霊《こたま》たちが歓声を上げた。

「おお……」

白虎の激しい攻撃にさらされて全身傷だらけになっている木神も、空を見上げた。

「しかし、これでは——」

木神が心配そうに呟いている上空では、オロチが暗い雲から稲妻を呼び、四天王たち目がけて雷を落とそうとした。

しかしそれは、青龍の巻き起こす青い雷によって防がれてしまった。それどころか、朱雀の吐き出す真紅の炎がオロチを襲う。その上、増長天と持国天が襲いかかってくる。戟が、鉞《まさかり》が、剣が、次々にオロチの体をかすめる。

「まずいぞ」山神も荒い息を吐きながら空を見上げた。「一斉にかかられては、あのオロチでは勝てない」

「あっ、危ないっ」

熊奴《くまぬ》が空に向かって叫んだ。

オロチが、青龍の吐き出す雷に尾びれを打たれたのだ。バランスを崩して、純は振り落とされそうになった。そこに朱雀が、火を吐きながら飛びかかってくる。物凄い量の炎が、オロチと純を襲った。

「うわあーっ」

純が目をつぶったその時、

「ぼうやー！」

海神の叫ぶ声が上空から聞こえてきた。

恵比寿丸が無理矢理に純と朱雀の間に入ってきたのだ。そして盾になりながら、朱雀に向かって激しい砲撃を開始した。恵比寿丸から発射された火石が、朱雀の片目に当たった。朱雀はギャッと叫んで、純たちから離れていった。純とオロチは、その隙を縫って、ようやく大空に逃れることができた。

しかし、一方の恵比寿丸は、錨を下ろしてしまっているために、さっきまでと違って自由には動けなかった。その上、玄武の頭を潰された毘沙門天の怒りも凄まじかった。顔つきが仁王のように変わり、しかもみるみるうちに真っ黒くなっていく。

かっ！　と光背が現れた。

手にした戟が真っ赤に輝き、宝塔が青白く光った。光の波動で辺りの空気が大きく揺れる。その波を受けて、恵比寿丸は大きく傾く。

「危ないっ！」

船に向かって叫ぶ純の目の前で、毘沙門天は戟を大きく振りかぶり、恵比寿丸目がけて一気に振り下ろす。バン！　と、戟が恵比寿丸を真ん中から砕いた。

「ああっ」

船は空中で、くの字に折れ曲がった。

恵比寿丸はゆっくりと壊れていく。

バラバラバラ……と船の破片が、地上に落下した。白蛇たちや、ワニたちや、大砲や、火石も次々に落下する。そして船はついに、ボンッ、と炎を上げて燃え始めた。

「海神さーんっ。海邪鬼ーっ」

叫ぶ純の声は、空しく森にこだまする。

「くっそーっ」

純は、オロチを恵比寿丸に向けた。

早く助けに行かなくては！

しかし、その瞬間だった。

毘沙門天が純の方を睨んだ。戟を大きく振りかぶる。そして目にも留まらぬ速さで、オロチに向かって振り下ろした。

ドン……。

激しい振動が、純の体に伝わる。

「あ——」

叫ぶ間もなく、戟はオロチの首を叩き落としていた。

あっという間の出来事だった。

純のほんの少し前方で、オロチの首が無くなっていた。首を落とされたオロチは、四方八方に、七色の血を吹き出しながら落下する。

「うわあーっ！」

純は、死に物狂いで胴体にしがみつく。

ぐるぐると体をうねらせながら、オロチは落ちていった。コントロールが全くきかない。このままでは、山に激突してしまう！

〝もう、ダメだ。父さん……〟

猛スピードで墜落しながら、純は心の中で叫んだ。

気が遠くなりながら、純は必死にオロチの体を抱き締める。

その時――。

純の手に握られている草薙剣が、オロチの首の根元に触れた。

突如、剣がエメラルド・グリーンに輝く。すると、オロチは一度大きく痙攣《けいれん》して、
ふわりと空中に浮かんで止まった。

「え――」

純は、恐る恐る目を開けた。

するとオロチの体は、山の木々を見下ろす空中に浮いていた。

しばらくすると、オロチの鱗《うろこ》が、ぼろぼろと落ち始める。

「おおうっ」

「あれは！」

地上から叫び声が上がった。

空中に留まったまま――首の付け根から虹のような血を吹き出しながら――オ、、、ロチ

は脱皮し始めたのだ。

「見やれ！」

「どうしたことじゃっ」

敵も味方も、一瞬動きを止めた。

皆が純を、オロチを見る。すると、
いきなり、目も開けられないほどの眩しい光が、オロチの首から放たれた。

「うわーっ」

純は叫び、激しい光の洪水に目を閉じる。

やがてそれが少し収まった頃に自分の周りを見ると——。

光の中には、八匹の大きなオロチがいた。

いや、違う。

オロチの胴体から、八つの頭が生えてきたのだ。

オロチは、大きく体を震わせながら、古い皮を自ら脱ぎすてた。するとそこには、
濃い緑色をした美しい胴体が現れた。

純はその姿に驚きながらも、

「海神さーんっ」

恵比寿丸に雄龍霊を向けようとした。

しかし時すでに遅く、恵比寿丸は火だるまになって落下していった。そして、ドン……。

という音を残して、愛宕山に墜落した。大音響を上げて船は大破すると、辺り一面、火の海になった。これではおそらく、誰一人として命はないだろう。

空からそれを眺めて、純は雄龍霊の背中を強く抱き締めた。

「海神さん……。海邪鬼……」

純は涙声で呼んだ。

すると雄龍霊の瞳から、ポロリ、と涙が落ちた。

大きな涙の玉は、墜落した恵比寿丸目指して、一滴、二滴とキラキラ輝きながら落ちていった――。

純は、涙に濡れた目を袖《そで》で拭《ぬぐ》って前方を睨みつけた。

「くっそーっ」

思い切り歯を食いしばる。

そして、八本の首を全て朱雀や青龍、そして四天王たちに向けた。

「許さない！」

純が腹の底から叫んだと同時だった。

雄龍霊の体が、グウンと大きくうねると、八つの口から真っ白な稲妻が吐き出された。八本の稲妻は、辺りの空気を切り裂きながら一直線に飛ぶ。

ほんの一瞬のできごとだった——。

大きな音を立てて、朱雀の体が粉々に砕けた。

青龍の胴体が、四つに切断された。

真っ黒に焦げた白虎が、バラバラになって空まで飛ばされた。

「おお……」

誰もが声を失う。

「これが——」

竜宮からその様子を、呆然と眺めていた火神が呟いた。

「これが、もしかして海神の言ってた——『暗き空に虹が架かる時、雄龍霊は再び天を駆け、邪《よこしま》なる魂は白き雷《いかずち》に打たれて滅び去る』ってやつかい。凄すぎるよ——」

水葉もその隣で言葉もなく、純と雄龍霊をただじっと見つめていた。

純を乗せた雄龍霊は、空中でなおも大きく首を振った。

そして、再び稲妻を吐き出す。

その凄まじい光と共に、
毘沙門天の戟が折られ、甲《かぶと》を飛ばされて、その場に崩れ落ちた。

増長天の鉞が吹き飛び、体ごと山の向こうまで弾き飛ばされた。

持国天の鎧が砕け散り、腕を切り落とされた。

広目天の胸甲がちぎれ飛び、肩から大量の血が吹き出した。

大きな地響きを立てながら、四天王たちは次々に倒れていった――。

「な、なんじゃ、あれは！」遠眼鏡で戦況を見守っていた基良《もとよし》が、呆然と言う。

「あ、あれが、大和の雄龍霊の真の姿か！　七つの村を一瞬にして滅ぼしたという」

「あわわ……」

源雲も、唇をわなわなと震わせるばかりで、言葉にならない。

帝釈天の頼光が呟いた。

「凄い」

「こりゃ、頼光」基良が振り向く。「如何《いか》んとする？」

「引き上げましょう。下手をすれば、この場所も危ない」

「な、なんと！」

「あの八本の稲妻は、ここでは防ぎきれません」

「では、先に行くぞ！」

基良は両手で頭を抱えると、随身《ずいじん》たちに周りを守られながら頼光と源雲のそばを離れた。そして、転ぶようにして逃げて行った。

「ら、頼光――」源雲も頼光の袖を引く。「わしらも、早く！」

「軍衆《いくさびと》たちは、どういたしましょう」

「放っておけ！　どうせ、もう助からんわ」

「分かりました。では」

頼光が合図を送ると、砦《とりで》の下に、一頭の白い大きな象が姿を現した。頼光は、源雲を抱えてそれに乗る。白象は、ズシリズシリと音を立てて、山道をゆっくりと下り始めた。頼光が振り返ると、大和の雄龍霊は純を乗せたまま、暗い空を覆い尽くすかのように、ゆうゆうと泳いでいた。

＊

四天王を倒されて、軍衆は総崩れになった。

雪崩《なだれ》を打って山を下りて行く軍衆に向かって、純は雄龍霊の稲妻を——当たらないように——何度か放った。

それだけで充分だった。軍衆は大慌てで、ちりぢりになって逃げ帰ってしまった。

「純ーっ」

竜宮の砦の一番上に登って、水葉が大声で叫ぶ。その隣で火神《かぐつち》も、

「ぼうやーっ」バタバタと着物の袖を振った。「時間がないよーっ」

「早く、羅城門へ！」

水葉は純を呼ぶ。

「あっ」

見れば、もう日は殆ど西に傾いていた。

純は慌てて雄龍霊を砦に着地させる。そして一度飛び降りた。

「どうしたの！」水葉が驚いて駆け寄る。「早く行かないと、大変」

「いや」純は水葉を見つめる。「その前に、きみに謝らないと……。ごめん。ぼくのせいで、海神さんが――」

「………」

「助けようとしたんだけれど……間に合わなかった」

「ううん、違う」水葉は首を横に振った。「あなたのせいじゃない。それよりも、あなたのおかげで、四天王たちを倒すことができた」

「水葉――」

「水葉がそう言うんだから」火神が横で泣きながら微笑んだ。「気にすることないよ。あんたと海神のおかげで、土神《はにやま》たちが助かったんだ。さあ早く。とにかく時間がないよ」

「はい」

「まあ、もちろん、私はあんたに帰ってもらいたくはないけどさ。せっかく仲良くなれたんだし。あんたも、だんだん世の中のことが分かってきたようだしさ」

「そんなことを言うもんじゃない」

いつのまにいたのか、山神《やまつみ》が後ろから声をかけた。

あら、と驚く火神と、そして純を見て、山神は言う。

「この子のおかげで、ここまで戦えたんだ。もう充分だろう。元の世界に帰してあげようじゃないか。それに――」水葉を見る。「水葉が良いと言っているんだから、我々が口を挟む問題じゃないだろう」

「えっ。水葉が――って、どういう意味？」

尋ねる純の背中を、火神が笑いながら押した。

「鈍いね、この子は。さあ、早くお乗り」

その声に、純は再び雄龍霊にまたがった。すると、

「さあ、あんたも！」

火神が水葉を押し上げた。

驚く二人に、火神は言う。

「見送りが一人くらい必要だろう。それに、まさか雄龍霊はあんたの世界には行かれないしね。封印しておくのが一番いいんだけど――」

「そんな方法、知りませんよ！」

「だから、水葉に預けておきな。あんたも海神もいなくなっちゃって、雄龍霊の世話ができるのは、水神《すいじん》――水葉しかいないだろうからね。さあ！　もう二刻《にのこく》近いよ」

「水葉――」山神が声をかける。「羅城門からの帰りは、一人じゃ危ない。そのまま

南に下って、葛城山《かつらぎさん》に抜けろ。仲間に連絡しておく」

「分かりました」

「じゃあ、気をつけてな」

「ありがとうございました」

「そっちの世界が嫌になったら、いつでも、戻っておいで！」

火神の言葉に純は笑いながら、

「さようならあーっ」

雄龍霊を竜宮の空に飛び立たせた。

雄龍霊は、暮れかかった京《みやこ》の空を、猛スピードで飛ぶ。

いくつもの山を、谷を、あっという間に飛び越す。

やがて、夕焼け雲の下に平安京が見えてきた。真四角の箱庭のように、家々がきちんと並んでいた。純は、人々に気づかれないように大きく右に迂回《うかい》する。内裏が、大内裏が、神泉苑が、あっという間に後ろに消えていく。

朱雀大路のはるか向こうに羅城門が見えた。

あそこで頼光と会ったことが、もう遥か昔のことのように思える。

頼光といえば――。

帝釈天となって、また鬼たちと戦うのだろうか？

会って、一言伝えたかった。皆、平和に暮らしたがっている。そしてその権利だってある。人と鬼神たちが、一緒に暮らしていける方法だってあるんじゃないか？

でも――。

そういえば、貴族たちには、何か大きな計画があると言っていた。

それは何だろう？

きっと源雲たちが、いずれ仕掛けてくるのだ。水葉や火神たちが、これからそれに立ち向かうのだろうか。海神がいなくなり、その上、この雄龍霊がいなくなって、鬼神たちは大丈夫なんだろうか？　純の胸は痛んだ。

そんなことを考えている純を、そしてただしっかりと純にしがみついている水葉を乗せて、雄龍霊は一直線に羅城門に向かう。

まだ申の二刻を告げる鐘は鳴っていない。間に合ったようだ。

今ならば、引き返せる。純の心は揺れた。けれど――この機会を逃すと、もうずっと先まで、元の世界に帰ることはできないという。

すぐにヒステリーを起こすけれど、優しい母親。

頼りないけれど、純のことを思ってくれている父親。

二人の顔が浮かんだ。

その時――気のせいだろうか――純は、背中を強く抱き締められた気がした。

羅城門がぐんぐん迫ってくる。

純はぐるりと回って、羅城門の正面に向かった。そこには篝火《かがりび》が焚かれ、松明を手に持った立ち明かしの随身《ずいじん》たちが六人いた。その目の前に、純たちは着地する。

「うっ――うわああ!」

「でっ、でたあっ」

随身たちは、いきなり現れた雄龍霊の姿を見て腰を抜かした。そして弓と胡籙《やなぐい》を投げ出すと、先を競うように、あっという間に逃げ出してしまった。

ゴオン……。

刻《とき》を知らせる東寺《とうじ》の鐘が鳴った。

気がつけば、辺りは、いつのまにか深い闇に包まれ始めていた。

「見て!」

水葉が羅城門の柱を指差す。

すると、篁の言っていた通り白い大きな蛇の姿が、篝火の弱い明かりに、ゆらゆらと照らされて柱に巻きついていた。やがて白蛇は、チロチロと赤い舌を出しながら、ゆっくりと下り始めた。

「早く！」

水葉は純を急《せ》かす。

雄龍霊は大きく鎌首を持ち上げ、純たちを羅城門の二階の楼閣へ運んだ。中を覗き込むと、そこには黒い渦が巻いていた。

きっと、この渦の中に飛び込むのだろう。

純は楼閣に飛び移る。

振り返れば、水葉が雄龍霊にまたがったまま、闇の中から心配そうにこちらを見ていた。純は腰から草薙剣を外すと、

「これも頼む」水葉に手渡した。

それを両手で抱えるようにして、しっかりと自分の胸に抱く水葉の姿を見て、なおも純が躊躇《ためら》っていると、

「何をしてるの！　白蛇が地面に着く」水葉が叫んだ。

「扉が閉じちゃうよ。早く行って！」

その声に純は歩き出す。

でも、一度振り返り――きっと泣いていただろう――水葉に向かって、

「またいつか、絶対に」

――会える。そう呟いた。

そして、何かを振り切るように黒い渦目がけて飛び込んだ。

純の体は、あっという間に渦に呑み込まれる。

東寺の鐘が鳴り終わると、羅城門は深い闇に包まれた。

（『鬼神伝　鬼の巻』完）

「わたしが子どもだったころ『小学生の巻』」

記憶というものは自分の心の中（脳）で、いとも簡単に変換されてしまう、こまりものである。ということは、今、わたしが振り返ろうとしている昔が、ほんとうにあったことなのか、それとも、わたしの想像の中だけのことだったのかなどということは、きっと誰にも分からないことだろう。自分でも分からない。というのも――まさかこんなところで、自分のだらしのなさが露呈されるということは考えてもいなかったが――この歳になるまで（小学生の夏休み絵日記のころから）四日間以上、日記をつけたことがなかったからである。

けれども、これからだらだらと書きつづっていくことが、今わたしの頭の中にある「わたしが子どもだったころ」の話である。（すでにこの時点でわたしの文章に不自然さを感じているだろうあなた、それはすばらしい。やがて、この文章に含まれている真意に気づかれることを祈る）と余計なことを書いてしまったがおそらく大きい部分では間違いはないと思う。だが細かい部分では記憶の中に隠れてしまっているところもあるだろう。けれども自分の小さいころの思い出にさえも、アリバイや証拠の提出を求めるのは止めようと思う。

わたしが生まれたのは、昭和三十三年。高度経済成長時代だった。社会はそれなりに騒がしかったけれど、家のそばを流れている荒川は、綺麗だった。そして水も手ですくって（もちろん、飲めはしなかったが……）遊べるほどだった。いつも父から聞かされていた水泳大会などは、とても無理とはいえ、まだ窺い知ることができた。現在は、とても不可能だ。もしも、今の荒川で泳ごうなどとこころみる人間がいたら、すぐに水上パトロール隊の世話になることは確実だし、とびこみ自殺とまちがえられてしまうだろう。ぜひ、止めて欲しい。

春になれば、この土手で、ノビルやタンポポや土筆《つくし》をつんで遊んだ。友だちにノビルが食べられることを教わり、たくさんつんだ。ものすごくつんだため、気がついてみたら土手は穴だらけだった。そのノビルを持って帰ることになったが持って帰ってどうしよう？　その子の母親に、ゆでてもらうことにした。おやつどころではない。夕飯のおかずが、全てノビルに化けたのだった。お腹いっぱいという言葉では形容できないほど（意地になって）食べた記憶がある。

卯《う》の花が、匂わないということも知った。あの『夏は来ぬ』の歌詞に出てきた「卯の花の匂う垣根」は「卯の花が白く映えている垣根」という意味だと。

秋になれば、指の先ほどの小さな手榴弾《しゅりゅうだん》のような形をしたオナモミの実であそんだ。仲間同士で投げ合うとお互いのセーターに良くくっついた。なんどもなんども拾っては投げ合った。三つ、もしくは五つ、自分のセーターにつけられた子が負けである。授業中もこっそりと――教室をまわって歩く恐い先生の背中にまで――投げつけては遊んでいた。しかしこのオナモミの実の原理を利用して、マジックテープができているんだということを聞かされた時は、なにかとてもきみょうな感じがして、ちょっと驚いた。

こうやってわたしたちは色々なことを（何も考えずに）遊びながら知っていった。だから、いつまでも記憶の中にあるのだろうか。無理矢理ではなくて、ふと気がついたら知っていたということだから、自然に残っているのだろう。

『ウルトラQ』を見るために、急いで家に帰った。これは、とっても衝撃的な世界だった。万城目淳《まんじょうめじゅん》や、江戸川由利子《えどがわゆりこ》の活躍に胸をおどらせた。登場する怪獣の恐ろしさに、毎回震えた。ペギラや、タランチュラや、ガラモンや……。その中でも特に、「クモ男爵《だんしゃく》」と「ペギラ」が恐かった。だから「ペギミンH」だけはかならず手に入れておこうと思った。その薬がないと、人類はみんなペギラに冷凍にされてしまうのだ。しかもその時は、ウルトラマンはいなかった。怪獣とたたかうのは、生身の人間なのだ。今考えてみても恐ろしい話だ。

初めて読んだ小説は『怪人二十面相』だった。というのも小学校入学のお祝いにと言って、伯母がわたしに「少年探偵団シリーズ」を、全巻贈ってくれたのである。考えてみると、伯母はどうしてそんなものをわざわざ買い求めて、わたしに読ませようと思ったのか謎である。まさにミステリーだ。思い返してもきみょうな感じがする。けれども、初めて目にしたものを母親だと考えるアヒルのように、わたしの頭には「ミステリー」が強くインプットされてしまったのである。

そのために、生まれて初めて一人で、神田神保町《かんだじんぼうちょう》の三省堂《さんせいどう》書店まで足を運んで買った図書は、エラリー・クイーンの『エジプト十字架の秘密』だった。これもどうしてそれを買ったのか覚えていない。ハードカヴァーの表紙だって、別にめずらしいものではなかった。しかし自分のお金を出して買った。誰かがおみやげにくれたわけではない。祖父母や両親や伯母からでもない。（こんなことで、ずいぶんしつこいと思うかも知れない。それには理由があるが、内緒）今、思うに一緒に何冊か買っていた本は、この本の印象が余りにも強烈だったために、やがて忘れてしまったのかも知れない。でも、この本には驚いた。そして一気に読んだ。そのために、バスを乗り過ごし（当時、越境入学していたので、通学にはバスを使っていた）名前も知らない終点まで行った。けれども、帰りのバスを待っている間も、真っ暗な中、街灯の下で一心に続きを読んだ記憶がある。

『シャーロック・ホームズの冒険』が、自分のおこづかいを出して見た、初めての映画だった。近所にいた（美人）姉妹三人と一緒に行ったのだが、全員小学生だった。よく両親が許可してくれたものだ。でもホームズ役の男性が、ふんいきに合っていなくて、幻滅した。しかし、画面に映し出されたロンドンの街のすてきな情景には感動した。霧にけむる街並みや、はるか遠くのほうから聞こえてくる馬車のひづめの音。闇にひそむ犯罪者と、前に立ちはだかる名探偵！　それだけでも胸が躍るではないか。そして事件の最後、ついにホームズの口から明かされる意外な真相——。

もちろんこれら以外にもミステリーは読んだ。退屈だった通学時間が、楽しい時間に変わった。わたしのランドセルの中にはいつもミステリーが入っていた。

その次に夢中になった本は『まんが　日本の歴史』だった。でもそれまで、日本の歴史に全くきょうみはなかった。けれども、空想の世界だけではなくて、本当にあったこともなかなかミステリーだと知った。そこで、わたしは他の歴史の本も読みあさり始めた。これがまたとても面白い。『太平記』や『三国志』などの史実から『水滸伝』まで。例によって、すぐに熱中した。歴史というのは、こんなに面白く、そして素晴らしいのかと感動した。

そのころわたしは親戚の経営する学習塾に通うことになる。空想の世界でばかり遊んでいないで、少しは現実の勉強もしなさいというところだ。しかしそこで変な国語の先生に出会ってしまった。なにしろその先生は「わたしが授業中に、生徒に書かせた詩を読みます」と言って、いきなり、詩を朗読し始めたのだ。おどろいたのはわたしだけではなかった。みんな呆然とした。しかも、題名は『うんこが止まらない』だった。「今朝うんこが止まらなくなってしまった」えんえんと先生は朗読する。天地がひっくり返った！　衝撃的だった。はたして、こんな世界があっていいのだろうか？　詩の朗読後にようやく授業が始まり、わたしたちの目の前に出された教材は『伊豆の踊子』だった。この落差にも愕然《がくぜん》としてしまった。これでわたしは、完全に道を誤った――。

しかし道を誤らなかったら、今よりも、もっと素敵な人生を歩んでいたかというと、それはきっと、誰にも分からないだろう。これを読んだあなた方も（うまくじょうずに）道を誤られることを願っている。

さて、長い暗号文を書き終えようとしているわけであるが、わたしの真意がすなおに届いただろうか？　もしも届いていれば、これにまさるよろこびはない。

ではまた、近い将来にお会いできることを心より祈って――。

高田崇史

二〇〇四年　初春

著者注：このあとがきは「ミステリーランド」執筆の際に、故宇山さんよりの「『わたしが子どもだったころ』という、エーリヒ・ケストナー作品と全く同じ題名であとがきを書いてください」という要請をもとに書いた、少年少女のための暗号文です。

この本の上梓に際し、改めてご協力をいただきました、
講談社文庫出版部・西川浩史氏。

そして、この方の存在がなければ、この本どころかぼく自身もこの場にいなかったに違いありません、故・宇山日出《ひで》臣《おみ》（秀雄）氏。
「ミステリーランド」の規定枚数の倍以上になってしまいそうですと報告した際に「あくまでも、宇山を楽しませてくれるならば」という条件付きでＯＫを出していただき、色々とご迷惑をおかけしました。改めて、ありがとうございます。

また「スタジオ・ぴえろ」を始めとする『鬼神伝』に関わっていただきました全ての方々に、衷心より最大の感謝を捧げます。

高田崇史公認ファンサイト『club TAKATAKAT』
URL：http://takatakat.com/　管理人：雪猫
Twitter：「高田崇史 @clubtakatakat」

主な参考文献

『古事記』次田真幸訳注／講談社
『日本書紀』坂本太郎・家永三郎・井上光貞・大野晋校注／岩波書店
『続日本紀』宇治谷孟訳／講談社
『今昔物語』西尾光一／社会思想社
『出雲国風土記』荻原千鶴訳注／講談社
『常陸国風土記』秋本吉徳訳注／講談社
『播磨国風土記』播磨学研究所編／神戸新聞総合出版センター
『日本の歴史　４　平安京』北山茂夫／中央公論社
『日本の歴史　５　王朝の貴族』土田直鎮／中央公論社
『日本史広辞典』山川出版社
『日本神話事典』大林太良・吉田敦彦監修／大和書房
『神社辞典』白井永二・土岐昌訓編／東京堂出版
『神道辞典』安津素彦・梅田義彦監修／神社新報社
『日本神話の考古学』森浩一／朝日新聞社

『闇の日本史』沢史生／彩流社
『鬼の日本史　上下』沢史生／彩流社
『鬼の大事典　上中下』沢史生／彩流社
『大和誕生と神々』田中八郎／彩流社
『中世の非人と遊女』網野善彦／講談社
『蛇——日本の蛇信仰』吉野裕子／講談社
『日本神道の謎』鹿島曻／光文社
『日本神道がわかる本』本田総一郎／日本文芸社
『日本架空伝承人名事典』大隅和雄・西郷信綱・阪下圭八・服部幸雄・廣末保・山本吉左右編／平凡社
『日本伝奇伝説大事典』乾克己・小池正胤・志村有弘・高橋貢・鳥越文蔵編／角川書店
『日本の神々の事典』薗田稔・茂木栄監修／学習研究社
『仏尊の事典』関根俊一編／学習研究社
『神道の本』学習研究社
『真言密教の本』学習研究社

『天台密教の本』学習研究社
『古事記の本』学習研究社
『印と真言の本』学習研究社
『日本の神々と社』神社本庁監修／読売新聞社
『別冊太陽　祭礼――神と人との饗宴』山本ひろ子編／平凡社
『よみがえる平安京』村井康彦編／淡交社
『図説　平安京』村井康彦編／淡交社

《高田崇史著作リスト》

『QED　百人一首の呪《しゅ》』
『QED　六歌仙の暗号』
『QED　ベイカー街の問題』
『QED　東照宮の怨《えん》』
『QED　式の密室』
『QED　竹取伝説』
『QED　龍馬暗殺』
『QED ～ventus～　鎌倉の闇《くらやみ》』
『QED　鬼の城伝説』
『QED ～ventus～　熊野の残照』
『QED　神器封殺』
『QED ～ventus～　御霊将門』
『QED　河童伝説』
『QED ～flumen～　九段坂の春』
『QED　諏訪の神霊』
『QED　出雲神伝説』
『QED　伊勢の曙光』
『毒草師　QED Another Story』
『試験に出るパズル』
『試験に敗けない密室』
『試験に出ないパズル』
『パズル自由自在』
『麿の酩酊事件簿　花に舞』
『麿の酩酊事件簿　月に酔』
『クリスマス緊急指令』
『カンナ　飛鳥の光臨』
『カンナ　天草の神兵』
『カンナ　吉野の暗闘』
『カンナ　奥州の覇者』
『カンナ　戸隠の殺皆』
『カンナ　鎌倉の血陣』
『カンナ　天満の葬列』
『カンナ　出雲の顕在』
『カンナ　京都の霊前』
(以上、講談社ノベルス、講談社文庫)
『鬼神伝　鬼の巻』
『鬼神伝　神の巻』
(以上、講談社ミステリーランド、講談社文庫)
『QED ～flumen～　ホームズの真実』
『毒草師　白蛇の洗礼』
『千葉千波の怪奇日記　化けて出る』
『鬼神伝　龍の巻』
『神の時空　鎌倉の地龍』
『神の時空　倭の水霊』
『神の時空　貴船の沢鬼』
(以上、講談社ノベルス)
『軍神の血脈　楠木正成秘伝』
(以上、講談社 単行本)
『毒草師　パンドラの鳥籠』
(以上、朝日新聞出版 単行本)

本作品は、二〇〇四年一月に講談社ミステリーランド、
二〇一〇年十月に講談社ノベルスとして刊行されたものです。

|著者|高田崇史　昭和33年東京都生まれ。明治薬科大学卒業。『QED 百人一首の呪』で、第9回メフィスト賞を受賞しデビュー。

鬼神伝《おにがみでん》 鬼《おに》の巻《まき》

高田《たかだ》崇史《たかふみ》

講談社文庫

定価はカバーに
表示してあります

2015年5月15日第1刷発行

発行者——鈴木　哲
発行所——株式会社　講談社
東京都文京区音羽2-12-21　〒112-8001
電話　出版部（03）5395-3510
　　　販売部（03）5395-5817
　　　業務部（03）5395-3615

Printed in Japan

デザイン—菊地信義
本文データ制作—講談社デジタル製作部
印刷———中央精版印刷株式会社
製本———中央精版印刷株式会社

ISBN978-4-06-293105-2

講談社文庫刊行の辞

二十一世紀の到来を目睫に望みながら、われわれはいま、人類史上かつて例を見ない巨大な転換期をむかえようとしている。

世界も、日本も、激動の予兆に対する期待とおののきを内に蔵して、未知の時代に歩み入ろうとしている。このときにあたり、創業の人野間清治の「ナショナル・エデュケイター」への志を現代に甦らせようと意図して、われわれはここに古今の文芸作品はいうまでもなく、ひろく人文・社会・自然の諸科学から東西の名著を網羅する、新しい綜合文庫の発刊を決意した。

激動の転換期はまた断絶の時代である。われわれは戦後二十五年間の出版文化のありかたへの深い反省をこめて、この断絶の時代にあえて人間的な持続を求めようとする。いたずらに浮薄な商業主義のあだ花を追い求めることなく、長期にわたって良書に生命をあたえようとつとめるところにしか、今後の出版文化の真の繁栄はあり得ないと信じるからである。

同時にわれわれはこの綜合文庫の刊行を通じて、人文・社会・自然の諸科学が、結局人間の学にほかならないことを立証しようと願っている。かつて知識とは、「汝自身を知る」ことにつきていた。現代社会の瑣末な情報の氾濫のなかから、力強い知識の源泉を掘り起し、技術文明のただなかに、生きた人間の姿を復活させること。それこそわれわれの切なる希求である。

われわれは権威に盲従せず、俗流に媚びることなく、渾然一体となって日本の「草の根」をかたちづくる若く新しい世代の人々に、心をこめてこの新しい綜合文庫をおくり届けたい。それは知識の泉であるとともに感受性のふるさとであり、もっとも有機的に組織され、社会に開かれた万人のための大学をめざしている。大方の支援と協力を衷心より切望してやまない。

一九七一年七月

野間省一

講談社文庫　目録

講談社文庫　目録

武田葉月　ドルジ　横綱・朝青龍の素顔
高橋祥友　自殺のサインを読みとる〈改訂版〉
田中文雄　鼠《ねず》舞《まい》
立石泰則　ソニー最後の異端〈近藤哲二郎とA³研究所〉
田中啓文　蓬《ほう》萊《らい》洞《どう》の研究
田中啓文　邪馬台洞の研究
田中啓文　天岩屋戸《あめのいわやど》の研究
田中啓文　猿《えん》猴《こう》
高嶋哲夫　メルトダウン
高嶋哲夫　命の遺伝子
高嶋哲夫　首都感染
高橋繁行　死出の門松〈こんな葬式がしたかった〉
田中克人　裁判員に選ばれたら
たかのてるこ　淀川でバタフライ
谷崎竜　のんびり各駅停車
高野秀行　西南シルクロードは密林に消える
高野秀行　怪獣記
高野秀行　アジア未知動物紀行　ベトナム・奄美・アフガニスタン
高野秀行　イスラム飲酒紀行

竹田聡一郎　ビーサン!!〈15万円ぽっち ワールドサッカー観戦旅〉
田牧大和　花合せ〈濱次お役者双六〉
田牧大和　質草破り〈濱次お役者双六 二ます目〉
田牧大和　翔ぶ梅〈濱次お役者双六 三ます目〉
田牧大和　半可心中〈濱次お役者双六〉
田牧大和　三悪人
田牧大和　泣き菩薩
田牧大和　身をつくし〈清四郎よろづ屋始末〉
田丸公美子　シモネッタの本能三昧イタリア紀行
竹内明　秘匿捜査〈警視庁公安部スパイハンターの真実〉
高殿円　カーリー〈I.黄金の尖塔の国とあひると小公女〉
高殿円　カーリー〈II.二十一発の祝砲とプリンセスの休日〉
高殿円　カーリー〈III.孵《ふ》化《か》する恋と帝国の終焉〉
田中慎弥　犬と鴉
高野史緒　カント・アンジェリコ
高野史緒　カラマーゾフの妹
瀧本哲史　僕は君たちに武器を配りたい〈エッセンシャル版〉
ダニエル・タメット　古屋美登里訳　ぼくには数字が風景に見える
陳舜臣　阿片戦争 全三冊

陳舜臣　中国五千年(上)(下)
陳舜臣　中国の歴史 全七冊
陳舜臣　中国の歴史 近・現代篇(一)(二)
陳舜臣　小説十八史略 全六冊
陳舜臣　琉球の風 全三冊
陳舜臣　獅子は死なず
陳舜臣　小説十八史略 傑作短篇集
陳舜臣　神戸 わがふるさと
陳舜臣　新装版 新西遊記(上)(下)
張《チャン》仁《イン》淑《スク》　凍れる河を超えて(上)(下)
筒井康隆　ウィークエンド・シャッフル
津島佑子　火の山――山猿記(上)(下)
津島佑子　黄金の夢の歌
津村節子　智恵子飛ぶ
津村節子　菊日和
津村節子　遍路みち
津本陽　塚原卜伝十二番勝負
津本陽　拳豪伝
津本陽　修羅の剣(上)(下)

講談社文庫　目録

講談社文庫　目録

出久根達郎　御書物同心日記
出久根達郎　続 御書物同心日記
出久根達郎　御書物同心日記 虫姫
出久根達郎　土龍《もぐら》
出久根達郎　俥《くるま》宿《やど》
出久根達郎　二十歳のあとさき
出久根達郎　逢わばや見ばや 完結編
出久根達郎　作家の値段
フランソワ・デュボワ　太極拳が教えてくれた人生の宝物〈中国・武当山90日間修行の記〉
土居良一　海翁伝
土居良一　修徳記〈直参松前八兵衛〉
土居良一　京都花暦〈直参松前八兵衛〉
ドウス昌代　イサム・ノグチ（上）（下）〈宿命の越境者〉
童門冬二　戦国武将の宣伝術〈隠された名将のコミュニケーション戦略〉
童門冬二　日本の復興者たち
童門冬二　夜明け前の女たち
童門冬二　改革者に学ぶ人生論〈江戸グローカルの偉人たち〉
童門冬二　佐久間象山〈幕末の明星〉
童門冬二　項羽と劉邦〈知と情の組織術〉

鳥井架南子　風の鍵《キー》
鳥羽亮　警視庁捜査一課南平《なんぺい》班
鳥羽亮　三鬼の剣
鳥羽亮　広域指定127号事件〈警視庁捜査一課南平班〉
鳥羽亮　刑事《デカ》魂〈警視庁捜査一課南平班〉
鳥羽亮　隠《おぬ》猿《ざる》の剣
鳥羽亮　鱗光の剣〈深川群狼伝〉
鳥羽亮　蛮骨の剣
鳥羽亮　妖鬼の剣
鳥羽亮　秘剣 鬼の骨
鳥羽亮　浮舟の剣
鳥羽亮　青江鬼丸夢想剣
鳥羽亮　双つ龍〈青江鬼丸夢想剣〉
鳥羽亮　吉宗謀殺〈青江鬼丸夢想剣〉
鳥羽亮　風来の剣
鳥羽亮　影笛の剣
鳥羽亮　波之助推理日記
鳥羽亮　からくり小僧〈波之助推理日記〉
鳥羽亮　天狗の塒《ねぐら》〈波之助推理日記〉

鳥羽亮　遠山桜〈影与力嵐八九郎〉
鳥羽亮　浮世の果て〈影与力嵐八九郎〉
鳥羽亮　鬼剣〈影与力嵐八九郎〉
鳥羽亮　疾《は》風《やて》剣《けん》谺《こだま》返し〈深川狼虎伝〉
鳥羽亮　修羅剣雷《いかずち》斬り〈深川狼虎伝〉
鳥羽亮　狼《ろう》虎《こ》血《けっ》闘《とう》〈深川狼虎伝〉
鳥羽亮　御隠居剣法〈駆込み宿 影始末（一）〉
鳥越碧　一葉
鳥越碧　漱石の妻
鳥越碧　兄いもうと〈子規庵日記〉
鳥越碧　花筏 谷崎潤一郎・松子 たゆたう記
東郷隆　御町見役うずら伝右衛門（上）（下）
東郷隆　御町見役うずら伝右衛門・町あるき
東郷隆　銃士伝
東郷隆　センゴク兄弟
東郷隆　南天
東郷隆　蛇の王（上）（下）〈ナーガ・ラージ〉
東郷隆／上田信 絵　【絵解き】戦国武士の合戦心得〈歴史・時代小説ファン必携〉
東郷隆／上田信 絵　【絵解き】雑兵足軽たちの戦い〈歴史・時代小説ファン必携〉

講談社文庫　目録

中場利一　岸和田少年愚連隊
中場利一　岸和田少年愚連隊 血煙り純情篇
中場利一　岸和田少年愚連隊 望郷篇
中場利一　岸和田少年愚連隊 外伝
中場利一　岸和田少年愚連隊 完結篇
中場利一　純情ぴかれすく〈その後の岸和田少年愚連隊〉
中場利一　スケバンのいた頃
中山可穂　感情教育
中山可穂　マラケシュ心中
中村うさぎ 倉田真由美　うさたまのいい女になるっ！〈暗夜行路対談〉
中山康樹　リッスン〈ジャズとロックと青春の日々〉
中山康樹　ビートルズから始まるロック名盤
中山康樹　ジョン・レノンから始まるロック名盤
中山康樹　伝説のロック・ライヴ名盤50
永井するみ　防風林
永井するみ　ソナタの夜
永井するみ　年に一度、の二人
永井するみ　涙のドロップス
永井隆　ドキュメント 敗れざるサラリーマンたち

中島誠之助　ニセモノ師たち
梨屋アリエ　でりばりぃAge
梨屋アリエ　ピアニッシシモ
梨屋アリエ　プラネタリウム
梨屋アリエ　プラネタリウムのあとで
梨屋アリエ　スリースターズ
中原まこと　いつかゴルフ日和に
中原まこと　笑うなら日曜の午後に
中島京子　FUTON
中島京子　イトウの恋
中島京子　均ちゃんの失踪
中島京子　エルニーニョ
奈須きのこ　空の境界(上)(中)(下)
中島かずき　髑髏《どくろ》城の七人
内藤みか 尾谷幸憲　LOVE※〈ラブコメ〉
永田俊也　落語娘
中村彰彦　名将がいて、愚者がいた
中村彰彦　義に生きるか裏切るか〈名将がいて、愚者がいた〉
中村彰彦　知恵伊豆と呼ばれた男〈老中松平信綱の生涯〉

中村彰彦　幕末維新史の定説を斬る
長野まゆみ　簞笥のなか
長野まゆみ　となりの姉妹
長野まゆみ　レモンタルト
長嶋有　夕子ちゃんの近道
長嶋有　電化文学列伝
永嶋恵美　転落
永嶋恵美　災厄
永嶋恵美　擬態
中川一徳　メディアの支配者(上)(下)
永井均 内田かずひろ 絵　子どものための哲学対話
なかにし礼　戦場のニーナ
なかにし礼　生きる力〈心でがんに克《か》つ〉
中路啓太　火ノ児の剣
中路啓太　裏切り涼山
中路啓太　己惚れの記
中島たい子　建てて、いい？
中村文則　最後の命
中村文則　悪と仮面のルール

2015年3月15日現在